町田康

入門山頭火

春陽堂書店

入門 山頭火

入門 山頭火 目次

第一部

解くすべもない惑ひを背負うて

第二部 読み解き山頭火

第一部

解くすべもない惑ひを背負うて

分け入つても分け入つても

或る人に、

「山頭火というその名前は有名だからもちろん知っている。自由律俳句の人ということも、それから僧形で各地を旅をして回った人ということも国語の授業で習ったような気がする。しかしその詩をじっくり味わって読んだことがない。その人のこともなにも知らない」

と言ったところ、

「物書きの看板を上げておきながら山頭火も知らないでどうする。世の中をなめているのか。殺すぞ」

と言われた。それがとても嫌だったので山頭火の俳句を読み、ときどきの詩人の考えたことや詩人の人生に思いを馳せ、そのついでに人間が生き、そして死ぬとはどういうことなのかについて考えてみよう、と決意したのが二週間前。

だからまだ山頭火のことをよく知らないし、わからないことも多い。けれども知った振りもせず、わからないままに虚心に読んで間違うのも山頭火的か、とも思うので、読んで考えたことをそのままここに綴ることにする。

それで最初は有名な、

分け入つても分け入つても青い山

という句を読んでみる。

どんな感じかというと、非常に、[illegible]の、なんというか、山の中に入っていった。といって、ただ入っていったのではなく、分け入った、とこのように言っている。つ、大きいけど。

こういうことは、どうなのだろうか、実際に山の中に入っていってそれで思いつくのだろうか。それとも、頭の中で山の中に入っていく、その状況を想像して字に書くのだろうか。または、ちょっとか、かなりか、はわからないがいずれにしても、それを書いている今現在よりも、前に入っていったことを思い出して書いているのか。

或いはもっと言うと最初、それは文字の形で詩人の身体からこの世に出てくるのだろうか。それともまず口でブツブツ唱えてみるのだろうか。

またはそんな順序のようなものはなく、それらが同時に、瞬間的に起こるからこんなことになるのか。わからない。わからないのでとりあえずそれは脇に置いて、それで思うのは、分け入るということは、表面をなでるのではなく、表面の皮を突き破って、その内部というか、奥底にまでもぞもぞ入っていくような感じがする。

ということを山で考えると、スポーツ、レクリエーションとして登山というのは多分、近代の、それも西洋的な考え方で、このときの時代、日本で山に入る人は、炭焼きとか樵夫《きこり》といった山で暮らす人か、或いは里の人でも薪を拾うといった仕事というか生活というか、そうした現実的な目的を持った人であっただろう。

しかしそういう人は、右に言うような、分け入っていく感じはないだろう。なぜならば、あまりにも分け入ってしまうとそれは、特に目的を定めない純粋な探求、となってしまい、期するところの現実的な目的を達成できなくなってしまうからである。

ということはこのとき山頭火その人は、そうした普通の人があまり通らないような、山の奥の奥にずうっと入っていったということになる。

それで決定的におかしい、と思うのは、青い山、というところで、山が青く見えるのは遠くにあるからで、近くで見ると山はけっこう茶色くてまったく青くない。にもかかわらず青い山と言っているのはどういう訳か。

と思うとき、この句に前書きというものがついているのに気がついた。しかし前書きとはなになのだろうか。前に書いてあるから前書き、となんとなく思うが詳しいことがわからない。そこで安直にも検索をしてみると、「俳句の前につける言葉。場所や日時を記すことが多い」とあった。

「当たり前のこと吐《ぬ》かすな、ど阿呆！」

と喝叫しつつ、改めて前書きを読むと、

大正十五年四月、解くすべもない惑ひを背負うて、行乞流転の旅に出た。

とあった。どういうことかというと、解決する方法がない惑いを抱えたまま、行乞というとなんとなく渋い感じがするが、はっきり言えば一銭も持たないまま、もっぱら赤の他人の慈悲心によって、銭や米を貰いながら、目的のない移動をする、というきわめて心細い状況にあった、ということである。

ならば、その心細さ、また、そもそもの解決手段のない惑い、というそのものが、青い山、という言葉に表れている（表されている）のではないかと考えれば、訳がわかる気がする。

つまり、最初、狭隘《きょうあい》でずくずくで足場も悪いきわめて不安定な谷間に立っていた。しかもけっこう土石流とかも流れてくる。このまま此処にいるのはやばい、と思った。しかし、遠くに青い山が見えた。あの山を越えれば向こうに安定的な平地が、長閑《のどか》な里があるのではないか、けれども山はかなり険しそうで、普通の人が生活のために薪を拾いに行くような道は途中でなくなっていて、その先の、まさに山の中に分け入るような道のない道を行かなければならないのではないか。そして、その道にいったん入ってしまったらもう引き返すことはできないのではないか。途中で死ぬのではないか。この谷に居ればとりあえず苦しいけれどもいまは生きている。けれどもその苦しさは恐ろしい。だからそれをなんとかするためにあの青い山を越える。けれども長いことムチャクチャなところに居たので、体力も削られていて、どう考えても青い山は越えられそうにない。みたいな意味での青い山である。

だから、分け入つても、というのはここで、実際の景色としての、どこまでも続く山脈、たたなづく青垣山、みたいなことだけを表現するのであれば、その内部に潜り込むような感じのある、分け入つても、より、越えても、という方が実感的であるように思える。はきゃきゃ。俺は実は高校のとき登山部に入っていた。分け入つてもパンク。

そんなら、分け入つても青い山、と言えばよい。これは完全な素人の、まるでミジンコの思考のような考えだが、その方がリズム的には、「咳をしても一人」みたいな感じでいいと思うのだけれども。

ところが、分け入つても分け入つても青い山、と二度、分け入つても、を繰り返しているのは、さほどに分け入つてる感があったからだろう。

　なぜそんな分け入らなければならなかったのか。そのときいったいなにがあったのか。「大正十五年四月、解くすべもない惑ひを背負うて、行乞流転の旅に出た」と前書きにある。その、「解くすべもない惑ひ」とは、はっきり言ってなんだったのか。

　それを俺にわかるように説明してくれ。と俺が俺に言っている。

　二週間の学びによってそんなことができるわけがないので、さらに山頭火の句を読んでいこう。いやさ、読んでいく。それが俺の青い山。分け入つても分け入つても山頭火。

分け入らなければならなかったのはなぜか

　ということで、なんで山頭火は分け入らなければならなかったのか。大正十五年四月以前、山頭火の身の上になにがあったのか。

と言うとこのとき山頭火はもはや四十三歳。平均寿命が五十歳とかそんな時代だから、もはや老境に差し掛かっているといえる年格好である。そんな年になって行乞、というと聞こえはよいが、はっきり言えば乞食になるのだから、そりゃあ、いろんなことがあったのだろう。

　ということでここに至るまでの山頭火の生涯について書きながら考えてみたいが、時代を追って詳しく書いていると長くなるというか、自分は小説家なので、詳しく書こうとすると、ついつい想像を交えて、そのとき山頭火は思った。「屁をこきたいなあ」と。

とか、

その川の向こうには杉林が見えた。葉陰に猿が休息していた。まるでバカみたいな猿であった。杉林の傍らの民家の屋根にも猿はいた。その頃、スタバはまだ日本になかった。

なんて、なんの証拠もないこと、書く必要のないこと、をくどくど書いてしまい、上中下巻、合わせて六千頁に及ぶ大著、みたいな感じになってしまう可能性があり、それはできれば避けたいので、取りあえずいまはざっと略歴みたいなものを書いて、この後、必要に応じて徐々に細かい経歴について考えるということにしようと思う。

どういう感じかというと、山頭火の一生がスーパーマーケットであったとすると、最初はあまり棚を細かく見ないで、まずはぐるっと一周回り、「ほっほーん、ここは青果売り場か、そいで、次が惣菜売り場か。ほいで牛乳とか売っているところがあって、鮮魚、精肉、と続くわけか」と全体を大雑把に把握して、二周、三周、四周、五周、何度も周回しつつ、その理解を詳細なものにしていこうと、こういう魂胆である。

そしてそのときどき、カレーを作りたい目線、うどんを作りたい目線、知り合いと家で鍋する目線、台風が来るというので水とか買いに行く目線、盆の準備目線、とさまざまな視点・視座から棚を眺めることによってその理解をより深いものにしようと、こう思うのである。

ということで大正十五年四月までの山頭火の生涯を簡単に書くと、

山頭火は明治十五年に生まれた。本名は種田正一。実家は大金持ち。中学時代から俳句を作り始め、卒業後、早稲田大学に進むも中退（明治三十七年・二十二歳）、山口に戻り、家業を手伝い結婚もする（明治四十二年・二十七歳）が実家破産。熊本に移って古本屋を始める（大正五年・三十四歳）が単身上京（大正八年・三十七歳）、離婚（大正九年・三十八歳）、それから東京でバイトしたり就職したりしていたが熊本に舞い戻り、別れた妻の家に転がり込み（大正十三年・四十二歳）、やがて禅門に入り、出家得度して観音堂の堂守となる（大正十四年・四十三歳）。

ということになる。これを大きく分けると、

①生まれてから大学を中退するまで。○歳～二十二歳
②山口に戻り実家が破産するまで。二十二歳～三十四歳

③熊本→単身上京。三十四歳〜四十歳
④熊本に戻り出家。四十歳〜四十二歳

の四つに分けることができる。

この間に、山頭火が、解くすべもない惑いを背負う、ことになった直接間接の原因があった、と取りあえずは考えてみる。

といってなんの情報も知識もなくただ考えてみても、「人間、生きてればいろいろあるよねー」くらいのことしか思い浮かばない。そこでこの二週間の間に読んだ本のうち、村上護氏による評伝『山頭火 漂泊の生涯』を参考にしていろいろ考えてみたところ、ひとつの問題として、「やっぱ銭の問題って大きいよね」ということが私の腐敗した頭脳のなかに浮かび上がった。


どんな綺麗事を言っていても人間が生きていくためにはどうしても銭というものが必要となってくる。此の世のかなりの問題が銭によって解決でき、多くの銭があれば人はハッピーに日を暮らすことができるが、その一方で銭がないがためにその日の食に事欠き、それどころか寝る場所すらなく、此の世に身の置き所がなくなって自ら命を絶つ人すらある。

その銭について、①の時期、山頭火が困っていた形跡はない。いやそれどころか、山頭火の実家は大地主で、地元では、大種田、と言われていたらしい。つまり、ええとこの子ぉ、であったというのである。

話は脇道に逸れるが、文学なんてなものを志し、一家をなした人には、ええとこの子ぉ、が多い。山頭火と同じ山口県出身の中原中也もそうだし、広島県出身の井伏鱒二、岡山県出身の内田百閒なども家が金持ちの旧家である。

それは別に西国に限った話ではなく、萩原朔太郎とか坂口安吾とか太宰治とかも、みな金持ちの家の子弟である。室生犀星は貧乏に育ったらしいけど。

おもしろいことに近世、天明以降にその数と勢力を増した専業の博徒、すなわちヤクザも、実はええとこの子、代々名主を務めた家の次男、とか、新興商人の息子みたいな人が多く、国定忠治、大前田英五郎、水野弥太郎、黒駒勝蔵、清水次郎長、実はみんなええとこの子である。

というのはどういうことかと言うと、人間、死ぬか生きるか、ぎりぎりのところで生存していたら、夢や理想を見る暇が無い。「今日、食うめし」それで頭がいっぱいで、見栄や虚飾、意地と張り、なんてことは考えられない。

三日間、水しか飲んでいないで、

「ここでこの飯を食ったら男がすたる。俺は死んだって食わねぇ」

と言うことは頑張ればできる。けれども生まれてこの方ずっと食うや食わず、飢餓線上を彷徨ってきた人間にはこれができない。食えるうちに食っておかないと今度いつ食えるかわからない、という観念が骨の髄にまで染みこんでいるからである。

つまり意地と張り、なんてことは基本、いい家に生まれた子ぉ、のみが弄ぶ観念に過ぎぬのである。

それがご一新となって御世、明治と改まり、賽の目という儚いものに運命を託し、おもしろおかしく太く短く一生を過ごす、というニヒリズムが文学に置き換わった、と言うと、「ヤクザと一緒にすな」という罵声とともに四方八方から石が飛んでくる。

俺はなんの話をしているのか。そう、銭の話である。ということで山頭火は、少なくとも、①生まれてから大学を中退するまで、〇歳〜二十二歳の期間は銭に不自由しない、いやさ、それどころか普通より、かなり恵まれた子供であったことは間違いがない。だから、同じく地元で流行った医者の子供でもあった中原中也も在籍したという名門・山口中学を卒業後、東京専門学校高等予科、その後、早稲田大学大学部文学科に進むことができたのである。ところが。

親、ボンクラで

ここにひとつの不幸があった。というのは中也にしろ太宰にしろ、本人は文学にかまけて生活能力なく、実家にとってはごくつぶしであったが、親はまともであった。ところが山頭火（このときは種田正一）の場合、可哀想なことに親の代からボンクラであった。

どういうことかというと、男が極道をする場合、さんだら煩悩、といって飲む、打つ、買う、の三種類があるが、山頭火の父親・竹治郎は、買う、すなわち女に入れあげて金を遣いまくるタイプ、西鶴なんかに出てくる「娼《よね》ぐるひ」ってやつで、女に金を惜しまず、前借を払って落籍、家を買ってやるなんてことを普通にしていたらしい。

というか、これについては後で詳しく考えようと思うが、それが原因で山頭火九歳の折、母親・フサは自殺をしていて、その後、竹治郎は妾・コウを後添えとして迎えていたのである。

もちろんそういうことをしてなお、家業に精出し、家運を隆盛に導く、導いたという人もももちろんいるだろう。しかるにこの竹治郎という人は、そうした才能が皆無というか、はっきり言ってやる気もあまりなく、女と戯れるのを人生の目的に据えていたため、家は衰運に傾いていった。

このあたりの事情はまあはっきり言ってよくわからなく、大地主なのだからかなりの資産があって、普通にやっていれば運用による利子や賃料で儲かるはずなのだが、多分、竹治郎は、その元の資産を遊蕩につぎ込んで、次第に資産を減らしていったのだろう。

ということで①の終わり頃、つまり早稲田大学を中途退学した頃になると、種田家の資産はかなり減っていたものと思われ、山頭火はこの頃から、銭のことで苦労をし始める。

つまり退学の理由は神経衰弱で学業が続けられなくなったということなのだけれども、その神経衰弱の原因は家に銭がなくなってきて、もしかしたらこれまでのような身分では居られない、という現実によって生じた怯え、とも考えられるのである。

で、②の時期に入る。普通の人間で言うと、二十二歳から三十四歳までというのは、もっとも充実しているというか、学ぶ時期を終えて実社会に飛び込み、仕事を覚えつつ、人生の基礎、土台を確立する時期である。この時期を山頭火がどのように過ごしたかを銭の側面から考えてみると、この頃から銭の苦労が始まったと言える。

種田正一（山頭火のこと）が実家に戻った明治三十七年、父・竹治郎は家屋敷の一部を売却し、その金で酒造場を買収する。そして、明治四十年、酒造業を開始する。

俗に言う、造り酒屋、ってやつである。

この間、父親・竹治郎は婚外子を生ませたりしている。ええ年してなにをやっているのか。羨ましいことである。

なので山頭火は長子として経営に参画、種田酒造を軌道に乗せるべく努力したと思われる。なぜなら、親爺がそんな体たらくだからである。そんなだから明治四十一年には、家屋敷の残った部分を売却している。もちろん経営資金に当てたのだろうが、そのなかにはかなりの芸妓揚代金も含まれていたのではないだろうか。

そして明治四十二年、佐藤サキノと結婚し、翌四十三年には、長男・健を生んでいる。というとまるで山頭火が、無茶をする父親に文句も言わず、父に孝養を尽くす孝子であり、けっこう真面目に暮らしていた、みたいに聞こえるが、なかなか。

山頭火もけっこう遊ぶというか、なんというか、まあ、はっきり言って遊んでいたようで、明治四十四年には、

吾妹子《わぎもご》の肌なまめかし夏の蝶

なんて句を拵えている。夏の蝶というのは夏の季語。吾妹子というのは、自分の女、ということで、いまで言うと彼女ってことになるのだろうが、その頃は当今と違って、恋愛なんてものはあまりなかったようで、これは普通に考えれば玄人の女性のこと。その肌がなまめかしい、と言っているのだから、ま、そういうところに行って、そういうことをして遊んでいたということである。

山百合に妓の疲も憂し絃切れて

なんてのも詠んで、これには妓とあるから、遊びであることは間違いない。落語の「親子茶屋」じゃあるまいし、親子でそんなことに金と時間を費やしていて商売がうまく行くわけがなく、だからこの句にも、なんかこう、倦怠というかなんというか、疲れも憂し、とか、絃切れて、とか、うまくいってない、気まずい空気感が満載で、ぱあーっ、と散財している感じがしない。と思っていたら、

似たる夜と妓の懺悔など明け易き
釣瓶漏りの音断続す夜ぞ長き
退潮《ひきしお》のほの明り長夜を遠鳴す

未整理の簿書裡に没す夜ぞ長き
岐路に堕して激論も夜を長うせり

なんて句があって、これをアホで教養の無い小説家が書き換えればこんな風になる。

なんかもう、くどくどと埒のあかぬ話を夜も更けてしている。面倒くさいなあ。終わらないなあ。女の子と意味ない話してたら、すぐに夜が明けちゃうんだけどな。時間の過ぎる速さがぜんぜんちゃう。時間ってなあ、玄妙なもんだなあ。

ああ、なんか家の設備が毀れてるのかなあ。どっかで変な音がしてる。修理屋、呼ばんとあかんなあ。夜は音が響きやすいなあ。なんかすごい面倒くさい気持ちになる。この音、聞いてると。夜が明けたら一番に修理させよ。この音、聞いてたらとてもいやなことを思い出して（これについては後述）精神が参る。けど、まだまだ夜は長い。

ああなんかもう、すべてが駄目になっていってる感じがする。無明長夜っていうけど、その方が楽かも。逆に。なんか、うっすく、ぼんやりしてるこの生殺しの感じが、遠くから破滅がゆっくりと確実に迫って来てる感じがつらい。

ああ、とりあえず、とりあえず、やらなあかんなあ、と思いつつ長いこと放置した帳簿の整理だけでもしよう、そんなことから人生を立て直していこう。と思ってしたら、もうなんか、もうなんか、終わらないっていうか、進まないっていうか、時間が過ぎていかない。時間がのろい。それって人生は時間に呪われてるってこと?

それでまたくどくどと埒のあかぬこと言われて、最初は黙ってたけど、ついに我慢できなくなって一言反論したら、激論になって、「どうすんだよ、これからよお。も、やめようか? じゃあ」とか言われて、寝られません。


とそんなことになってつらいから、またぞろ、

欄干に妓か夕立晴白浮ける

とか言って妓楼に行き、

韮咲きぬ妓生に不平吐くべかり

なんてふざけた、乃《すなわ》ち、「韮が咲いた。くさいのお。娼妓に文句いわなあかん」って、なんでやねーん、みたいなことを言っている。

何度も言うようだが、こんなことで経営がうまく行くわけがなく、言わんこっちゃない、

ついに大正五年、山頭火三十四歳の折、種田家は破産、父親の竹治郎は地元に居られなくなって失踪するのである。

つまり、二十二歳から三十四歳、②の時期、山頭火はずっと経営、資金繰りに苦しんできたのである。

ならばこれが、この銭の苦労が原因で山頭火は、「解くすべもない惑ひを背負う」たのであろうか。いやいや、甘い。

これから先、山頭火はまだまだ銭の苦労をする。

切っても切れぬ文芸と銭

大正五年、種田酒造場は経営危機に陥り、種田家は破産する。まあそれ以前からあまりうまくいってなかったのだが、死に体の種田酒造にとどめを刺したのは、大正四年、仕込み中の酒が腐ったことであるという。

この話は自分も以前、何度か読んだことがあり、例えば、石川桂郎という人が書いた『俳人風狂列伝』という本には、「父・竹治郎とともに酒造場を経営するも二年連続で酒蔵の酒を腐らすなどし、」という感じの文章があったように思う（その本は紛失してしまった）。

この文章がなぜか印象に残った。なぜなら、いくら酒飲みだからといって、人はそんな急に酒造場を経営するものか？という疑問を抱いたのと、酒蔵の酒が腐るほどテキトーな経営というのをおもしろく感じたからである。

それからは、

「前は、もう嫌っていうほどカネあったけど、親子で遊んでたらカネなくなってきたなあ。どうしょう？」

「うーん。どうしよう。じゃあ、酒造とかやってみる？」

「ああ、ええなあ、けどやったことないけどなあ」

「まあまあ、いけるんじゃない」

「じゃ、やろうか」

「うん、やりましょう」

みたいな、まるでコントか漫才のような軽みのあるやり取りが想像せられておかしかったし、酒が腐るというのも、そうした、いい加減な乗りで、すべき管理を怠った果ての、笑える大失敗のように、なんの根拠もない想像をして、「さすがは山頭火だ」と感心していた。


けれども現実はもっと過酷だったようで、酒造場を経営することになったのはすでに述べたとおり、傾く家をなんとか建て直そうと打った起死回生の一手であったのだし、村上護氏による評伝『山頭火　漂泊の生涯』によれば、酒を腐らせてしまったのにはもっと深刻な理由があったようだ。

というのはどういうことかというと、これは竹治郎の仕業なのだが、酒を造る際に、米の量を減らしたことが原因であったらしい。

なぜそんなことをしたかというと、原材料を減らすことによって原価を下げ利益率を上げる、つまりコストカットの努力であったのだが、それの度を超えてしてしまったため、品質に影響が出て、ついには醸造中の酒が腐ってしまったというのである。

しかもこれはどうやら、「もっと儲けよう」という攻めの経営ではなく、原材料を仕入れる資金に窮し、追い詰められた挙げ句、やむを得ずやったことと想像せられ、二年連続というのも、「今度こそうまくいくはず」という夢を見てのこと。

となればこれはもはや経営ではなく賭博である。

そしてものの見事に酒は腐って元も子も失い、竹治郎は夜逃げ、種田家は破産の仕儀と相成って、山頭火こと種田正一はこの先、ますますカネの苦労をすることになる、つまり、③の時代に突入するのである。

といってこれより以前、すなわち②の時期、山頭火は金の勘定ばかりをしていた訳ではなく、別のことにも熱中していた。

それはなにか。酒か、女か。

既にみたとおりそうしたことをして遊んでもいたが、別のことというのはそれだけではなく、本業というか、俳句、というか、詩というか、文学というか、そういうことに真剣に取り組んでいて、先ほどまではまず、山頭火が、「大正十五年四月、解くすべもない惑ひを背負うて、行乞流転の旅に出た」その訳を銭の苦労にしぼって考えてみようと思ったが、やはりこれを抜きにしては考えられない部分もあるし、③の時代に突然、熊本に行くのもそのことが関係しているので、そのことについても考えてみることにいたしたい。

山頭火が俳句に近づいたのは、『山頭火 漂泊の生涯』によれば（いまのところこれしか読んでないからこれにばっかり拠ってる）、明治三十年前後、私立周陽学舎在学の頃らしい。

仲間と同人雑誌のようなものを発行していたらしく、いまから考えると、「中学生で俳句て渋すぎるやろ」てなものであるが、推測するに当時は渋いというよりは格好いいことで、いまでいうなら友人と音楽ユニットを組むような感じではないのかと推測する。

その後、早稲田大学大学部文学科に進み退学するも、この間、自然主義の勃興期で学生はみな、ゾラ、モーパッサン、ツルゲーネフなどを読み漁っていて、読んでない奴は人間扱いされなかったというから、当然、山頭火・種田正一も熱心に読んで、文学への志はより強くなったと思われる。なので②の時代、帰郷後もその志は衰えず、郷土文芸誌『青年』に参加、ツルゲーネフの翻訳などを発表している。

自分はこの翻訳を読んでみた。「烟《けむり》」という小説の一節で、なんか駄目になって放心状態の男が汽車に乗って都落ち、窓の外の、形や色を変えながら流れる煤煙を眺めて、「いっやー、人間てなあ、人の一生てなあ、烟だなあ」という感慨を抱いて絶望する、みたいなところであった。

ここのところを翻訳したということは、この感じに経済的の理由で文学の志半ばにして帰郷した山頭火が共感するところがあったからだろうか、なんてことを考えるのは勝手な想像なのでよろしくない。そんなことは小説家に任せておけ。小説家やっちゅうねん。

なんてアヤフヤなこと以外で思うのは文章が明快で読みやすいということで、この時点で既に山頭火が言葉の機能というか、その背景にある世界も把握しながら言葉を選んでいたことが、この翻訳を読むとわかる。こなれてる、っていうか。

それから、この時期、山頭火は弥生吟社という結社の句会に参加し、この弥生吟社はそのうち椋鳥会と名を改めて回覧雑誌を発行、その中心となって活動をするのであーる。

というのをいまの感じで説明すると、東京でバンドを組んでメジャーデビューを目指して活動していて、自分ではそこそこの手応えを感じていたのだが、実家の事情その他で挫折、地元に帰ったのだがバンドの夢。措てきれず地元の仲間とバンドを組んでライブ活動を続けた、みたいなことになるのであろうか。

けれどもこれもうまくいかないというか、新しい文学を作りたいと念願する山頭火が考える俳句と楽しくやりたいと思う他のメンバーの考える俳句に差というか、違いというか、

そうしたものがあったようで、いまいち盛り上がらず、明治四十五年には句会を無断欠席して一月の「雑信」に、

突然ですが、少しく事情があつて当分の間、俳句、単に俳句のみならず一切の文芸に遠ざかりたいと思ひます、随つて名残惜しくも、皆様と袖を分かたねばなりません、

と書き、

毒ありて活く生命にや河豚汁

という句を記してある。

河豚汁、というのは、ふぐとじる、と読むらしい。毒があって、ということは自分を殺すような悪徳があって、それで初めて生命というものは輝くんとちゃうのんけ？ということをわかってほしい、と言っているように自分には聞こえる。

おまえにみたいな、ぬるい奴と俺は違うんじゃ。みたいな。

或いはまた、この時期、「自己批評は三人の私生児を生んだ。自棄生活、隠遁生活、そ

して自己破壊、私はそのいづれと結婚したか。」と書き、また、「人生には解決がない。たゞ解決らしいものが一つある。それは死だ！と誰やらが叫んだ。然かも死そのものを信じえない人にとつては死もまた解決らしくさへない！」と書いて、混乱しつつ、死に接近している様子がわかる。

開き直ると同時に自身の中に巣くう虚無を恐れてもいるのである。

といってでも、その「当分の間、一切の文芸から遠ざかる」というときの「当分の間」というのは、そんなに長くはなかったようで、大正二年には、荻原井泉水《おぎわらせいせんすい》*1という人が主宰する、『層雲』に参加し、また、『郷土』という文芸雑誌を自ら創刊している。

『層雲』というのはどういうものかというと、私はそれを説明するほどの知恵が無い。ただ、中学のとき河東碧梧桐《かわひがしへきごとう》*2というものを習ったが、その碧梧桐の感じで始まったもので、つまり俳句というものをこれまでのような旧いもののままにしておくのではなく、もっと新しい、いまの時代の先端のものにリニューアルしていこう、という感じで始まったものであるらしい。

そしてそれは後に独自に発展して、山頭火や有名な尾崎放哉*3やなんかが拵える自由律というものになっていくのやそうでございます。

と丁寧語にしたのは説明に自信がないからである。自信がないからへりくだったのだ。

文句あるのか。文句があるなら来いっ。いつでも逃げたる。

ということで『層雲』、そしていまでいうならインディーズレーベルとでもいうべき『郷土』を創刊して山頭火は文芸に接近していた。

けれどもそれが、解くすべもない惑ひを背負う、ことの原因になったようなところも実はある。

というのはどういうことかというと、結局はそれも銭の問題に結びついていくのだが、文芸に限らず芸術というものは銭が儲かるものではないということである。

この時期に至ってもなお山頭火は、文学で身を立てる、志というか希望、を捨てていなかったような感じがするが、いまのようにエンタメ産業が盛り上がっていなかった当時、文名が轟くということと（おもしろいように）銭が儲かる、ということはまた別のことであったであろう。

そもそも芸術などというものは生活が安定していて初めてできるのであって、食うや食わずでは成立しない。

そりゃあ普通の人間だって歌を歌ったり踊りを踊ったりはする。けれどもそればかりをしているのではなく、普段は働いている。椋鳥会の人達はおそらくそうだったのだろう。

けれども山頭火はそれに慊《あきた》らなかった。

物みなに慊らず夕立待ちてあり

なんてことを言う。私が慊らないでいたら、そこへまた夕立が降ってきて、止むのを待つ、つまり夕立は自分の外にある気象なのだろうか。それとも、自分の、慊らない、気持ち自体が夕立なのだろうか。おそらくはその両方が合わさったようなものではないのか、と腐敗した頭脳で考える。或は夕立が来てみな洗い流してくれ、と言っているのか。

自分が理想とする文芸の形がある。けれどもそれは現実によって阻まれる。ところが理想の芸術という尖塔は安定的な現実の土台がないと崩れてしまう。

しかし理想の芸術はある意味現実の否定である。

これはどう考えても両立せず、やればやるほどそのことを思い知ってしまって、これを解決するには死しかねんじゃね?的な隘路《あいろ》にはまりこんでしまったようにみえる。

文芸と銭はこのように切っても切れない。

それが純粋な文芸上の悩み、文芸だけの苦しみであればそれは山頭火にとって苦しみではなく、むしろ快楽であったのではないかとすら思えるのである。

それでこんだ、

窓に迫る巨船あり河豚鍋の宿

なんつう。大正二年三月『層雲』初入選の句らしいのだが、迫力ありますよね。と句のことになると急に自信がなくなってへりくだるなりふぐと汁。

河豚鍋という毒を孕んでいる鍋を提供する主である宿とその客が自分の内側だとすると、窓に迫る巨船というのが、外側から自分に迫って生命を圧迫する得体の知れないものの様に思えてくる。内側に自分の愛好する毒、外側に巨船。その狭間の宿という皮膚・皮膜、みたいに考えると、くわあ、こんだ、この実際の景色が想像せられる。

海近くの宿の夜の闇のすぐ其処まで迫り来る巨船。ええがな。と思ってしまう。或はそれは新しい文芸の徴なのか。

こんな風に思ってしまい、取り憑かれて現実が無価値なように見えてきたら、その人はもはや文学の河豚毒に中枢を冒されている。あむないことである。

そしてそれでもまあなんとか、一日のうち、十時間くらいは目覚めていて自分の食い扶持だけは稼げていればその銭を場銭《ばせん》として此の世に身の置き所を確保することができるが、山頭火にはそれができなかったようで、この入選以降、『層雲』にて頭角を現し、大正五年には荻原井泉水から選者に指名されるなど、文名は上がるも生活経済は下降の一途を辿り、右に言ったように種田家破産、③の状態に陥るのである。

＊1　荻原井泉水（おぎわら・せいせんすい）　俳人、評論家。明治十七（一八八四）～昭和五十一（一九七六）年。東京帝国大学文科大学言語学科卒。『層雲』を主宰し、自由律俳句を唱え、尾崎放哉や種田山頭火らを世に出した。

＊2　河東碧梧桐（かわひがし・へきごとう）　俳人。随筆家。明治六（一八七三）～昭和十二（一九三七）年。愛媛県松山市出身。正岡子規の高弟で、子規没後は新傾向俳句運動を提唱、自由律へ進む。

＊3　尾崎放哉（おざき・ほうさい）　自由律俳句の俳人。明治十八（一八八五）～大正十五（一九二六）年。鳥取県に生まれる。東京帝国大学卒業後、保険会社の出世コースの道を捨て、荻原井泉水に師事するも、酒の失敗を繰り返し、寺を転々とし、最後は小豆島で句作三昧の末病没。代表句に「咳をしても一人」「墓のうらに廻る」。

落ち延びて熊本

種田正一 a.k.a. 山頭火は郷里を退転、熊本に落ち延びた。

ある日、歌人の穂村弘氏と池袋で対談して終わった後、七、八名で飯を食べに行った。そうしたところそこへ海猫沢めろん氏がやってきた。名前は存じていたが会うのは初めてである。しばらく話して彼が熊本に在住していると知った。しかし海猫沢氏のアクセントは関西風で、どういうことかとたずねると、「熊本には数年前から住んでいるが元から縁のある土地ではない」と言った。

「あー、そうだったんですねー」と気のない返事をした。そうしたところ彼は、

「しかし住んでみてわかったことがある。熊本はよいところである。多くの人が熊本に来て、そのまま住み着いて去らない気持ちがわかる」

と言ったのだが、果たして山頭火の場合はどうだったのだろうか。

というか、その前になぜ熊本だったのか。山口からだったら福岡とか佐賀でもよかった。或いは熊本まで行くのであれば、鹿児島でもよかったはず。というか、どうせ縁の無い土地に行くのであれば種子島でも奄美大島でも同じではないかとすら思う。

ところが山頭火は熊本を選んだ。なぜか。

そんなものは山頭火本人に聞かないと分からない。というか仮に山頭火本人に聞いたとしても、本当のことを言うかどうか分からない。よく、「本人が言ってるんだから間違いないだろう」と切れ気味に言う人があるが、そんなことはない。

人が自分のことについて本当のことを言うということは実はあまりない。なぜかというと、人間は恥ずかしくて他人に言えないことをたくさん持っているし、恥ずかしくなくても自己の利益のためにけっして本心を言わないこともある。

「ねぇ、私のこと愛してる？」

と問われ、

「まったく愛してない。肉体を欲しているだけだ」

と答える男はあまりいない。そこは適当に、

「ああ、まあ、愛してるよ」

など言い繕う。

というと男ばかりが悪いように聞こえるが、女だって人間だ。自己の利益のためにテキ

トーなことを言うことはそれはあるはずである。って私はなんの話をしているのか。そう、たとえ本人に聞いたところで本当のことは分からないという話をしている。

しかしそれでは話が前に進まぬので、困ったときの『山頭火　漂泊の生涯』頼み、村上護氏の本を読むと、俳友、兼崎地橙孫《かねざきちとうそん》[*4]を頼って落ちていったらしい。

つまり連れがいた、というこういう訳である。

これはきわめて得心のいく話で、国を売って他国に行くにしても、やはり行った先でのねぐら、当面の食い扶持は必要、その持ち合わせがあればよいが、ない場合は、行った先に知り合いの一人もいないと具合が悪い。

このとき、親兄弟でもなく、親戚でもなく、知り合い、というのがミソで、なぜなら、もうどうしようもなくなって国を売るわけだから、そうした人には顔向けができないからである。

また、山頭火の場合、それ以外にもう一つ、別の事情があったようにも思われる。

というのは右にも申したとおり、山頭火は、理想的な文芸の世界と現実的な地縁・血縁の世界に引き裂かれてあったからである。

例えばこの頃、山頭火は以下のように書いている。

「家庭は牢獄だ、とは思はないが、家庭は沙漠である、」
「理解してゐない親と子と夫と妻と兄弟と姉妹とが、同じ釜の飯を食ひ、同じ屋根の下に睡つてゐるのだ。」
「理解は多くの場合に於て、融合を生まずして離反を生む」
「理解なくして結んでゐるよりも、理解して離れることの幸福を考へなければならない。」

『層雲』大正三年九月号

早稲田大学で西洋の文学を知り、あるべき自我に理屈のうえで目覚めた山頭火にとって西国の旧家の人間関係は息苦しいというよりも、間違ったもの、であったのであろう。だからもし、熊本ではなく佐賀とかに頼っていける親戚とかがあったとしても山頭火は熊本に行っただろう。なんとなればうざいから。

だから右に、兼﨑地橙孫を頼って、と書いたが、それは銭のことよりも精神的なことの方が大きかったのではないかなあ、と思う。

なんとなればこの頃、地橙孫は熊本五高の学生で、歳は山頭火の八つ下の二十五歳、あまり金を持っていないと思われるからである。

しかしこの地橙孫という人は歳は若いが、いやさ若いからこそ、伝統的な俳句をぶちこわして新しい俳句をガンガンやっていこうという過激派というか、パンクというか、そういうなかで目立っていて、熊本で、『白川及新市街』という雑誌を創刊して、まるで目黒で目白が爆裂したような俳句をこしらえて赤丸急上昇中のいかしたGuyであったのである。

だから山頭火はむしろ銭と言うより、そうしたいい感じの文芸運動のある感じを希求していたのではないかと俺なんかは思っているのであるが、しかーし。

そういうところが山頭火の甘いというか、ボンボンというか、そんなところであるよなあ、とも自分なんかは思う。

というのは、そう、いろいろ散らかってしまったが銭の話に戻すと、なんぼ山頭火でもまったくの見通しなく熊本に行ったわけではなく、生活のことはそりゃあ考えていた。

なにを考えていたかというと、本屋をしよう、とこのように考えていた。

といって普通のしょうむない本屋ではなく、山頭火が考えていたのは、けっこういい感じの本屋であったらしい。

と、この時点でもうあかぬのではないか、といまや当時の山頭火をはるかに上越す年齢になってしまった老パンクロッカー&物書きは考えてしまう。

っていうのは今も昔も変わらぬ事情で、やはりお商売というのは文学とはちょと違う。というのは、やはり商売の場合、もっとも肝要になってくるのは利益である。利益を稼ごうと思ったら、仕入れ価格を抑え、人件費や通信費などを低くしなければならない。いくら売上高があっても、仕入れ費用が高くつき、また、広告宣伝費や役員報酬などがかさんで、その合計が売上高を上回れば商売にはならない。

ところが文学の場合は違う。例えば小説か何かを書いていて、

「ううむ。ここのところの表現は少しく陳腐。そこでいま少し表現に工夫をする必要があるが、それをやっていると時間がかかってしまって製造原価が高くなる。といって稿料があがるわけではないので、止むを得ない、ここはママとしておこう。作家といえどもコストカットの努力を怠ってはならない」

など言っていては成立しないし、というかそもそも売上高がゼロというか、市場価値のほとんどない製品をこしらえて、商売という概念がそもそも成り立たない場合も多い。

にもかかわらずなぜ苦労してこしらえるかというと、それは実は謎なのだが、一応考えられる理由としては、よい作品を書きたい、というのがあり、また、よい作品を書いて世間の評判をとって立身したい、というのもあるようである。

というのはいずれも銭儲けにはあまり関係がないことであるが、ことによい作品を書きたい、かっこいい文章を書きたい、素敵にしたい、という考えは商売には向かない。

と言うと、「なぜだ、素敵な店には客が仰山つくのではないか」と疑問に思う人があるかもしれないが、そのことばかりを毎日、毎日、突き詰めて考えて、ある意味、その道の玄人である店主が思う素敵と一般の買い物客が思う素敵には懸隔《けんかく》があり、いくら素敵にしても客にはさほど受けない、というのが通例であるからである。

だから店主は先鋭化した美意識をある程度マイルドにし、コストにも気を使いながらこれを客様に提供しなければならないのであるが、扨《さて》、山頭火の場合はどうであったであろうか。

＊4　兼﨑地橙孫（かねざき・ぢとうそん）　俳人。書家、弁護士。明治二十三（一八九〇）～昭和三十二（一九五七）年。五高（熊本大学）時代より、碧梧桐や井泉水に傾倒し、以後『層雲』にも投句。山頭火を生涯にわたって援助する。

百%非文人的行為

というと、そりゃ、山頭火だってそれくらいのことは訣っていただろう。

だから、防府から熊本に移って始めた店をムチャクチャに攻めた店にはしなかっただろう。

といってでもやはり、家が金持ちで家具調度やちょっとした飾り物やなんかでも、子供の頃から、善きもの、真物を見て育ったから美意識は発達しているし、文学文芸についても突き詰めて考えているから、本人は妥協したつもりでも、普通の、「ゴルゴ13」とか、「釣りバカ日誌」などを愛読している人間からすると、難解な本ばかりが並んで、気後れがする書店ということになってしまう。

なので当然、儲からない。

というのは山頭火からしたら実におもしろくないところで、だってそうだろう、自分としては力を尽くして理想の店を作ろうと思って様々に心を砕いた。元手もかけた。なのに客が来ない、というのはおもしろくなくないわけがない。

というようなことは例えば音楽の分野やなんかにもよくある話で、本人としては非常に凝り、洒落た響きになるように工夫、進み行きや構成を複雑にし、歌詞やなんかもありきたりなものにならぬよう奇矯な刺激語や詩語を導入して、四分間の中に宇宙を顕現せしめた！と悦に入る。

ところが、ファンはそんなものは欲しておらず、今まで通りのシンプルな歌謡ロックンロールを欲していたのでちっとも受けず、ということは売れず、また、その鑑賞眼が実は一般大衆以下の無能な評論家は、自分が理解できなかった、ということを主たる理由として、勿体ぶった文章でこれを悪し様に罵り、駄作という評価が定着する。

つまりは骨折り損のくたびれ儲け、という訳で、これをよい教訓として、「こんな無意味なことはよしにして、次回からは元の通り大衆の嗜好、世の動向を睨みつつも、基本的には歌謡ロックンロールの再生産を続けよう。そして銭を儲けて安楽に暮らそう」と考える人もあるし、意地になって冥府魔道に生きる人もある。

どの道を進むかはその人の性格によるのである。

ということで、

さゝやかな店をひらきぬ桐青し

なんつい乍ら、これやっていくで、みたいな感じで張り切って、いい感じの店をオープンしたが、やはり一家の経済を支えるほどの需要はないということを知った山頭火が、どのような路線をとったか。

というと、まあ、前者。すなわち大衆路線をとって、それまでは自分が読みたいような本を並べていたのをよし、というか、本屋自体をやめて額縁屋に商売替えをしたのである。と聞くと突飛の感を免れぬが、明治の末から大正にかけて、額縁屋というのは大衆的な商売であったのであろう。

額縁や絵葉書、ブロマイドなどを売っていたらしい。

いまの感じで言うと洒落た雑貨屋のような感じなのだろうか、いま人々は日々の生活に潤いを持たせるために、いい感じの布や陶器、花瓶など買って家を飾ることに熱心である。だから雑貨屋なる商売が成り立つ。同じようにその頃、人々は日々の生活になにかをもたらすために額縁やブロマイドを買ったのだろうか。よくわからないが、早稲田大学文学科に学んだ山頭火が所持せる文学書よりは売れたことだけは間違いがないだろう。

ということで妻のサキノが店を切り回し、山頭火は外回りで額縁の行商という仕儀に相成った。

といってでも最初の思惑とはかなり違う。自分としては本を売りたかったのにブロマイドを売っているということは、本当はジャズをやりたいのに仕事でパンクをやっているようなもの、或いは本当はパンクをやりたいのにやむを得ず「トルコ行進曲」を演奏しているようなもの。元来、寿司職人で腕に覚えがあるのだけれども寿司の仕事がないので牛丼屋でバイトをするようなもの。

山頭火としては、商人ではあるが半ばは文人、的な感じを目指していたのが、完全な商人になってしまった。しかしそれが向いていないことは酒造場を経営し、日々、むなしさを感じていたことでよくわかっている。

いやさ、それどころか酒造場の主に納まっているときはまだよかった。なんとなれば店に居れば酒を買いに来る人があったからである。

しかれども額縁においては、そういうわけにはいかない。なんとなれば夕方になって仕事が終わる頃、「あああっ、酒飲みてぇー」と思う人はあっても、「今日も仕事、しんどかったな。やっぱ今日も額縁、買いてぇな」と思う人はあまり居ないからである。

ということで、山頭火は自らセールス、外回りの営業に出ざるを得なかったのだが、これはもっとも非文人的な行為であるように思える。

なんとなれば文人、例えば森鷗外とかそんな人が自分で金持ちの知り合いのところへ出掛けていって、「いっやー、なかなかかええのんでけたんですわ。ここまでのはねぇ、滅多と、滅多とでけませんからね。私も売らんと自分の手元に置いとこ思てますねけどね。ただ、あんさんにだけは見てもらお、思て、へ、こなして提げてきたんですわ。いーえー、買うてくれちゅてのちゃまいねん。あんさんやったらきっと、値打ちをわかってくれはると、そない思いましてね、持ってきたん。ままま、そんな訳で、置いて行きます。置いて行きますさかいに、ま、ゆっくり見とくれやす。ほいで、まことお気に入りのようでございましたら、そんときはそんときでまた、ええようにさしていただきますで、今日のところはさいなら御免」など言って自らの書を売りつけるなどあまり考えられないからである。

つまり商人というのは芸人に似たところがあり、おもしろいことを言って相手を笑わせるなどしなければならない。つまり愛嬌が必要なのである。しかしそれが常に自らの心情と合致しているとは限らない。文人に愛嬌があってはならないという訳ではないが、異なるのはその点で、もうはっきり言ってしまえば商人は銭のためなら心にもないことを言うことがあるが文人はそれをしないという点である。

だから当初、山頭火は完全な商人という訳ではなく半ばは文人的な、本のセレクトショップを目指した。ところがその目論見通りにはいかなかったので、百パーの商人としての活動を余儀なくされた。

そうするとどうなるかというと、やはり嫌になってくるのが人情である。

そこで、仕事をちゃんとやらないで怠ける。蔑ろにする、ということになるのであり、実際にそうだったようなのだが、果たしてそうなのか、とも思う。

というのは山頭火という人の根底に、求道的というか、クソ真面目というか、普通の人間であれば適当に折り合いをつけ、いい加減なところで妥協をして決定的なことを避けるところを、ぎりぎりまで突き詰めてしまう、みたいな部分があったのではないかと思うからである。

この後、山頭火は行乞をするようになる。そのときの日記に山頭火は、自分には行乞のテクニックがあって云々、というようなことを書いている。つまり同じように行乞するのでも、ちょっとしたコツのようなものがあって、それを知っているか知っていないかでは貰える額がけっこう違ってくるというのである。

額縁屋の時期、山頭火は飛び込み営業すなわち行商をしていた。

行商→行乞

このふたつには出し抜けに行って話を聞いて貰わなければならないという共通点があって似ているように思う。特に門前払いを食らうことが多い、という辛さにおいて。

ということは。山頭火が行乞においてコンスタントな成績を上げることができたとしたら、この行商の経験に負うところが大きいのではないか、って俺なんか思う。

けれども初手《しょて》から、

「あー、だりー。ふざけんなよ、俺をなんだと思ってんだよ。俺は文人なんだよ、なめんな、クソが。もう、やってらんねぇ」

など言って真面目にやらなかったらそんな技術は身につかなかっただろう。

つまりそんな技術が身につくくらいに真面目に行商に取り組んだ、とも考えられるのである。

けれどもこれは諸刃の剣で、自分の人間としての全力を傾注せず、不平をいいながら半身の姿勢で事に当たれば、ダラダラと続けることができるが、常に緊張して、全力で取り組むと、やはり疲れというものが生じ、「もう、無理っ」という瞬間が意外に早く訪れるのである。

つまり適度に休みながらやるのがよい、ということだが、人間の根底が真面目で、求道的なところのある山頭火はそれができず、かなり真面目に取り組んでしまい、その結果、行商中に、「この苦しみから一瞬でよいから逃れたい」という気持ちを抱きがちであった。

そんなとき、もっとも手っ取り早く自慰することのできるものはなにか。

然り、酒である。

そして懐には商売用の銭がある。「とりあえず、この苦しみを緩和するために一杯飲むくらいはよいだろう」とどうしても思ってしまう。

それで一杯飲んだところ、陶然として、まるで仙境に遊ぶような気持ちになり、これこそが本来の自分だ、と強く思う。思ってしまう。そこで本来の自分を失わないためにもう一杯飲む。そうしたところ、もの凄くいい感じになってくる。そのいい感じはしかし、フワフワしていてうつろいやすい気もする。そこでそれをさらに鞏固《きょうこ》なものとするためにもっと飲む。そうすると自分というものが段々見失われてくる。慌てて、ムッチャクチャに飲む。そうすると自分というものがなくなる。なくなったまま飲み続け、最後は意識不明の重態に陥る。

こんな酔態を山頭火は何度も繰り返した。

そしてその根底には、真面目、があったのである。

妻子置き去り、東京へ

だから、ぐうたらな山頭火は趣味的な古書店を始めたが長続きせず、額縁屋に転業し、店名を「雅楽多」に改め、店はもっぱら妻に任せて、自分は酒を飲んで怠けていた。

というのは外形的なことで、というのは新聞記事のように言えばそうかもしれないが、真相、そのとき人の心のなかで起こったこと、成り行き、はもう少し複雑であったように俺には思える。

そもそも風雅な古書店を額縁屋に商売替えしたことそのものが、生活、ということに対する山頭火の真面目さ、真剣味、の現れであったのではないだろうか。

しかし。

生活というものは眦《まなじり》を決してするものではないのもまた事実なのである。

この辺りの力の入れ所、抜き所、を山頭火という人は決定的に取り違えていた。と断定するのは小説家の悪癖。ごめんな。

そんなことで、銭を稼ぐために始めた風雅な古書店は額縁屋になり、基本的には妻が切り回すし、自らは行商ということになった。

普通の人間ならそれで、まあいろいろ不満を抱きながらも、次第次第に習慣に埋没して、理想を失し、喜びにも苦しみにも麻痺して、なんだかわからないうちに年老いて死ぬるのだろうが、そこは根底がクソ真面目な山頭火のこと、そのようにはどうもいかず、行商をやりつつ、ときに耐えられず大酒を食らい、句友との交流にいそしむなど、魂が各方向に引き裂かれるような生活を送っていた。そしてそんななか、その母の死と合わせてまた後で詳しく述べようと思うが、その間にはまったく予期しなかった、弟の自殺という、辛い出来事もあって、その魂の亀裂はますます広がっていったように思われる。

というのは俺が勝手に思っていることではなく、なんでそう思うかというと、大正八年の十月、山頭火は妻子を置き去りにして上京しているからである。

なんでそんなことをしたのか。それは本人ではないから訣らない。訣らないが、このとき山頭火は三十七歳。はっきり言ってだいぶんと先が見えてきた年齢で、そうなると、自分はこのまま終わるのか。日々の生活に追われるまま銭勘定だけして暮らすのか、このまま志を腐らせて一生を終えるのか。それはあかんやろ、という気持ちに、やはりどうしてもなってくる。

そして山頭火の志とは何であったかというと、そりゃあ、まあ、俳句ということになるのだろう。そして山頭火の考える俳句は小さな、趣味的な文芸ではなく、もっと広く大きいもの、すなわち人間の生き方、人間が生きるということに、突き抜けていくもので、言ってしまえば生き方の探求、という真面目すぎて人から見たらふざけてるようにしか見えない、というものである。

それをするためにはやはり熊本で行商してアホみたいな田舎のおっさんにベンチャラを言っているようでは駄目で、それ自体が目的ではないが、文芸で身を立てる必要がある、そのためには東京に行かねばならぬ、といった順序で考えが展開したのではないか、と思われる。

しかし仮に本人さんとしてはそうであったとしても、傍から見れば熊本がおもろくなくなって上京したように見える。

おもろくなくなった理由は他にもあって、そもそも山頭火が熊本に行ったのは兼崎地橙孫が居たからだが、その地橙孫は山頭火が熊本に行ってすぐ京都に行った。なにをしに行ったかというと京都大学に入るためである。と言うと、「がーん。頼って行ったのにぃー」と思うかも知れないが、兼崎地橙孫が五高の学生であるということを考えればそれは十分に予測のついたことである。その上で山頭火は、「俳句と俳句雑誌があれば離れていても、文芸上の濃密な交わりは続くからおげあ（OKのこと）」と考えていたのだろう。しかし地橙孫の去った後、『白川及新市街』はグダグダ、田舎の俳句好きの集う趣味的なものとなってしまっていて、そんなこともできなくなった。

いやだなあ、おもろくないなあ。猿でも飼おうかな。いやさ、やはり酒だな。

そんなことを山頭火は毎日、思っていたのだろうか。しかーし。途中で路線変更したとはいうものの山頭火プロデュースの店はやはり、田舎では目立って洒落ており、一部の、感度の高い五高生などには、「おっ、なんやこれ。なんでこんな田舎の店に、こんな、都心でもなかなか見ないような最先端の本があんにゃ。どういうこっちゃ」的な感じで、強い印象を残す。それで、

「まあ、入ってみるか」

と言って入ると山頭火がおって、田舎の古本屋のおっさんにしては妙にインテリで、最新文壇事情にも通じているし、話すうち、「えええええっ、あの『層雲』の山頭火さんすか。一緒に写真撮ってもらえますか」となったかも知れないし、また、「ああ、地橙孫さんの連れなんすか。オレ、地橙孫さんの後輩なんすよ」となって心安くなったかも知れない。

そんななかに茂森唯士《しげもりただし》[*5]という五高の職員が居たのだが、彼もまた大正八年三月に文部省に転任のため熊本を去っている。

その七ヶ月後に山頭火は単身、上京したのである。

この頃の山頭火の句を見ると例えば、

いさかへる夫婦に夜蜘蛛さがりけり

なんてのがある。

いさかへる夫婦、というのは、つまり、言い争っている夫婦、ということ。

旦那が家業に身を入れぬばかりか乱酔の挙げ句、道で寝たりするようなことばかりしていればそりゃあ女房は機嫌が悪い。家の中で不景気面をされると旦那は嫌な気持ちになってますますやる気がなくなる。「おまえのせいで俺は出世ができない」「酒ばかり飲んで働かない。私は不幸である。他にも縁談はよけいあった」なんて世にも醜い言い争いは終わらず、夜半を過ぎた頃、妻の背後に、不吉、とされる夜蜘蛛が糸を吐きながら、つー、と下がってくる。夫は息を呑んで黙り、夫の不意の沈黙にたじろいだ妻も黙る。みたいなことを感じる。夫婦に、とあるから、夜蜘蛛は自己都合で下がったのではなく、夫婦に向けて下がってきた不吉な告知である。

このように嫌な感じが山頭火の身辺に充満していたのか。だとしたらやはりまた酒を飲みたくなるし、人間てなあ、と感じ入って、人間存在の究明、の身振りで文芸にますますのめりたくなる。この時点で既に俳句の世界ではそれなりの人だし。俺だったら、「人間テナー」と言って吹けぬテナーサックスを吹きながら酔い泣きするのか。どうでもええわ。

泣く子叱る親の声暗き家かな

暗き家かな、というのは、暗い家やのお、ということで、俳句というより正味の嘆きのようだが、まあ、そんな感じだったのだろう。生きるに真面目な山頭火はそれを愛情の問題ととらえていたのだろう。しかし、銭があれば銭の光によって家のなかは多少明るくなったようにも思う（経験上）。

つかれし手足投げ出せば日影しみ入る

手足を投げ出すというのは、力を脱いてこれを伸ばす、ということで、そうしてしまうと手足はその、立って歩くとか、物をつかんでこれを保持する、持ち上げて動かす、といった機能を失う。だからそれをするのは寝るときとか、休憩するときだけで、人が人として作動・稼働している間は、手足を投げ出さない。

会議中に、「あー、なんか知らんけど疲れた」と言って手足を投げ出したら、叱責されるか、優しくされて医務室に連れて行かれる。しかしそのどちらであったとしても、評価・評判はただ落ちである。

このとき山頭火が会議中であったかどうかというと、まあそうではないだろうが、仕事中、すなわち行商中であった可能性は高いと思われる。

なんとなれば、日影しみ入る、とあり、このとき山頭火は屋外にあったことがうかがわれるからである。また、日影しみ入る、というのは日が移動してその手足に影が射してくるということで、それほどの時間、疲れた手足を投げ出して身じろぎもせず、ただうつろう影を凝《じっ》と眺めている、その精神の荒廃、と、その荒廃した精神を、まるで他人事のように眺めている不気味な人、の姿も現れてきて、単に日が移動したに過ぎぬ景色が、人が虚無に侵蝕される様を写したように思えてきて、不気味である。

不気味と言えば、

何か倒るゝ音がして夕闇せまる

も不気味である。そして、

さびしさまぎらす碁石の音もさびしくて

廊下の果ての鏡暗くも何か映せる

みたいなことになって、さびしいし、鏡にはなんか映るし、ほな、どないせぇゆうねん、ということになっていくが、その根底のいくつかの原因のひとつはやはり銭の労苦であった。

＊5 茂森唯士（しげもり・ただし） 評論家、ジャーナリスト。明治二十八（一八九五）～昭和四十八（一九七三）年。熊本県生まれ。東京外語大学卒。山頭火が熊本に転住の折、五高の短歌の会で知り合う。その後、転任で上京した茂森を追うように山頭火は上京する。

句のために苦を求め

そんなことで山頭火は大正八年十月、単身上京したのだが、そのとき山頭火は転任で上京していた茂森唯士を先ず頼ったようだ。取りあえず、自分の食い扶持をなんとかしなければならない。

結局、どこに行っても銭の労苦がつきまとったのである。

「俺はねぇ、金儲けには興味がないんだよ。好きなことをやって自分と家族が食っていく分だけ稼げればそれで十分なんだよ。贅沢な暮らしにも興味ないし」

など言う奴がいたらどつき回して、パン食を強要してもよいように思う。

なぜならそれがなによりも大変だからである。

それでとりあえず山頭火がなにをしたかというと、恐ろしいことだ、この間、山頭火は臨時雇いの仕事をしたようだ。それもけっこうしんどい肉体労働のバイトで、そんなことが山頭火にできるのか、といま皆が持っている山頭火のイメージから逆算したら思うが、やったらしい。

村上護『山頭火 漂泊の生涯』によると、それは、東京都水道局のバイトで、と言うと、「なるほど。板裏草履を履いて各戸を検針に回りでもしたか、それは辛度そうだな」と言う人があるかも知らんが、なかなか、このとき山頭火がやったのはそんなもんじゃない、セメント試験場かなんかで、セメントを巨大な篩《ふるい》でふるってどうにかする、みたいな、おっそろしい力仕事であった。

元々は良衆《ええし》の坊ン、やがては造り酒屋の若旦さん、その後は落ちぶれたとはいえ趣味的な古書店の主で地元では有名な文化人、みたいな人のする仕事ではない。にもかかわらず山頭火はそんな仕事に就いた。

なぜか。

それは普通に考えれば、食うためには仕方がなかった。それしか仕事がなかった。ということになるが、本当にそうなのだろうか。

山頭火は上京の際、年少の友、茂森唯士を頼った。そしてこの仕事を見つけ、山頭火に教えたのは工藤好美《くどうよしみ》という早大生であるという。

つまり三十七歳の山頭火が学生にバイトを紹介して貰ったのであるが、もしこのとき山頭火が自分と同じくらいの年の人に仕事を紹介して貰っていたらどうなっただろうか。

もちろんみながみなでないだろうがなかにはよい地位に就いている者もあり、そこそこの、というか、終日、巨大な篩でセメントをふるう、という過酷な肉体労働でよりましな、例えば山頭火の語学力を生かすような仕事を紹介してくれたのではないだろうか。

にもかかわらず山頭火はそうはしなかった。

或いは、行って断られた結果なのかも知れないが、しかし、上京して宿を定める時点で既に年少の茂森唯士を頼っているわけだから、行かなかったか、仮に訪ねたとしても挨拶程度で、身の振り方を相談することはなかったように思われる。

というのはまあ決まりが悪かったというのもあるだろう。

けれども思うに山頭火は自ら進んでそうした力仕事を選んだという部分もあるのではないだろうか。

なぜかというと、大正六年にはロシア革命が起こって兵士や労働者によって皇帝ニコライ二世が皇帝の地位を逐われ、宮殿から出されて、日本の多くの知識人はこれに深甚な思想的影響を受けたが、山頭火も例外ではなかったからである。

そんななか山頭火は自分の生活と思想と文芸を合一して研ぎ澄ますこと、そのためには社会の動きや人民の動向と無縁ではいられない、というか積極的にかかわっていかなければならない、と考えていた。

というのは推測でなんの証拠もない。根拠のないこと吐かすなボケ。えらいすまへん。謝って済んだら警察要らんのんじゃ。

大正六年『層雲』九月号には前書きに、電話地下線工事、とある句がいくつかあって、最初に、

炎天の街のまんなか鉛煮ゆ

なんて句がある。言葉というのは時とともに変わっていき、俳句にはそんな言葉が多くて、俳句を知らない人が読むと、「ちょっとなに言ってるかわからない」状態に陥ることが間々ある。

しかるにこの最初にある炎天という言葉は、いまでも炎天下という言葉が生きて残っているからわかりやすいね、もう、なんかこうムチャクチャに日射しが強くて、灼けるように暑い、ということは、この字を見ただけで訣る。

そいで続きを読むと、街のまんなか、と書いてあって、ますます酷烈な暑さの感覚が増す。なんとなれば、はしっこだとまだどこかしらに日陰があるような感じがするが、まんなか、と言われると、どこにも逃げ場がない感じがするからである。

それで思うのはその電話地下線工事が実際に街の真ん中で行われていたかどうかで、まあそんなことが為されるのは農村ではなくて市街地には違いがないだろうが、どこまでを真ん中と呼ぶのかは難しい。

だからこれは自分が勝手に思うことなのだけれども、炎天の、と言って、というか、思って、それで次に、街の、と思ったとき、反射的に、というのはつまり音楽的に、というのはつまり直覚的に、まんなか、と言ったのではないだろうか。

炎天、は、眼前の世界であった。

街もそこにあった。だって街にいるのだもの。

だから、炎天の、も、街の、も、目に見える実際、に呼ばれて山頭火の脳裏にやってきた言葉である。

しかるに、まんなか、はどうかというと、街の、と言った段階でなにも風のようにふっと吹いてきた言葉、すなわち、街の、という草を引っ張ったところ、それと同時に、ずるっと、抜けてきた根っこのような言葉である。

というのはいまもいうように根拠のない推測だけれども、仮にそこが実は市街の隅だとして、実際に即して、炎天の街のはしっこ鉛煮ゆ、としたら句の感じがだいぶんと変わることは間違いがなく、言葉がいろんなものに呼ばれていることがよく訣る。

って俺はなんの話をしていたのか。そう山頭火が社会的な動向、人の世のあり方、統治の方法に興味・関心を持っていた、って話をしていたのだった。それでその次に、

街のまんなか掘り下ぐる土の黒さは

ってのがあって、そいで『層雲』十月号には、同じく、電話地下線工事、と前書きにある句があり、

ふりあげたる鶴嘴《つるはし》ひかる大空ひかる
鶴嘴ひかるやぐざと大地に突き入りぬ
土掘る人の汗はつきずよ掘らるゝ土に

ってのがあって、電話線工事の様子に興味・関心を持っているのがげっさわかる。労働とか労働者を称えているような感じがある。けれども、「街のまんなか掘り下ぐる土地の黒さは」というのはどうだろうか。

鶴嘴は陽の光を反射して光る。空にも光がある。おお、光、ええがな。と思う。しかし、それに呼応するように、土の黒さ、が置かれ、そしてしまいには、

暑さきはまる土に喰ひいるわが影ぞ

っといってわがのことになり、かつうはまた、

ま夏ま昼の空のしたにて赤児泣く

といって聴覚の淵に沈淪《ちんりん》する、というのは、自我を社会に向けて放散して社会変革を成し遂げようとする、というよりは、常に自分の内側に入っていてその奥底から突き抜けようとする、山頭火の、姿勢というよりは、気質、があらわれているように自分には思える。姿勢は外に向いて、鶴嘴ひかる大空ひかる、なのだけれども気質は、土に喰ひいるわが影、を凝視し、逞しい労務者ではなく、泣くしか術のない無力でくにゃくにゃの赤児の泣き声を聴いてしまうのである。

そんなだからセメント試験場で働いても、尊い労働に自分が高まることはないし、社会変革に関係するなにか、に連なることはもっとなく、ただただつらいばかりである。

山頭火が書いたものを読むと、山頭火は句と人生を、一体のものと考えていたことがわ

かる。

つまりどういうことかというと、技術的に上手な句を読んで、「あー、うまいことい った」と喜んで、それはそれこれはこれとしてスロットを打ちに行って没頭、句のことはさっぱり忘れる、なんてことではダメだ、と考えていたのである。

大正四年三月、『層雲』に載った井泉水宛の手紙に、

私は此頃あまり句が作れなくなりました、句が作れないといふ事は私にとつては寧ろ喜ぶべき事実であります、私は漸く句を作る時代を通過して句を生む時代に踏みこんだのであります、私は上手に作られた句よりも下手に生れた句を望みます、たとへ句は拙くても自己の生命さへ籠つて居れば、それだけで存在するに足ると信じて居ります、而しさういふ句はなか〳〵出来ません。

とある。手紙という形なので自分の最近の状態や心境を語っているように見え、また実際そうなのだろうけれども、そうでないとあかぬ、という主張でもあり、その人の生き方と句は関係があるというより、積極的にそうでないとあかんのやで、と言っている。

つまりだから、このとき、というのは大正六年、電話線工事、の句を作ったとき、山頭火は、労働や労働者というものを尊いものと考え、それを賛美するような句を作った。け

れどもそれはそうあらねばならぬと思って、ちょっと無理をしたもので、作っているうち、というのは山頭火の言うように言えば、生んでいるうちに、自ずと自分の内側を凝視する類のものになっていく。

最初に極まりのようなものを観じて実際をこれに合わす、逆転が生まれるのは斯ういうときで、民謡が好きで民謡が歌いたくなった、という人が居たとする。端はカラオケで民謡を入れてこれを歌っていた。そうすっと次第に巧くなってくる。けれどもなにかが違う。なにかが足りない。自らそう感じてさらに考える。

これそのものが稀有で尊いことだと思う。なぜなら、多くの場合、ちょっと巧くなったらそれで満足して、自足しきった小豚のように悦に入り、そこから先の領域に踏みごもうとせぬからである。と言うと、なにかアホの素人の話をしているように聞こえるが、実際は大半の玄人もそうで、そうした人が名人として大いに評価され、豊かで価値あるライフを営んでいるケースも少なくない。

しかしそこから先に進む真面目な人もやはり居て、そういう人が思い詰めて考えに考えると、極まりのような観念に行き着くことがある。例えば、先の民謡のことで言うと、やはり民謡というものは畑作や牧畜といった第一次産業に携わる者の生活観念に根ざしたものであるから、それを知らない限り、民謡の神髄を知ることはない、と心得、現在の地位と生活を擲《なげう》って僻村に移住、牛を飼い、稲を育てる暮らしを始める、なんてことになるのだろう。

しかしこれは言うまでもなく原因と結果をとり違うているのであって、実際は最初にそういう生活があって、その生活の中から自ずと民謡が生まれてくる。

つまり、農村における生活が原因となって民謡が生まれてきたのであり、最初から民謡を目的としていたわけではない。

だからいま現在ある民謡を起点として遡って、それを生んだ生活について考えるのは、結果から原因を見ることでつまり逆転である。

だから山頭火が語った、まず生活があって其処から生まれてくる句だけが存在するに足る句である。という考えは真面目に物事を考える人間にとって順当な考えである。

しかし、理想の句を作るためには理想の生活をせねばならぬ、と考えるのはいま言うような極まりからくる原因と結果の逆転、もっと言えば原因に目的を求める錯誤である。

ブルースという音楽は米国の黒奴の苦しみと悲しみから生まれてきた。

これを窮めるためには自身も黒奴の苦しみと悲しみを知らんければ相成らん、というので奴隷になったところで苦しいばかりで音楽は生まれてこないだろう。

山頭火が敢えて東京で苦しい労働に身を投じたのは、このような革命や労働を賛美し労働者に共感する気持ちが、概念として山頭火の中にあったからではないか。

と私は邪推する。

とはいうものの誰がこれを嗤うことができようか。

ブルースやヒップホップを演奏しようとして、その音楽を学んだうえで、ファッションなど風俗・風体を真似る者はある。渡米して黒人風の英語を習得する者もあるだろう。人権思想が喧伝され、奴隷売買が禁じられている今現在、自ら奴隷になろうとする者はない。

しかし山頭火は真面目な突き詰めの挙げ句に、それに近いことをやった。

セメント試験場は早々によしたようだが、句のために苦を求め、苦を凝視して苦から句を生んで、それを山頭火自身がどのように評価したかは別として、他に誰もいない境地にいたったことは間違いがないのである。

つきまとう銭の苦労

ということで自分自身を句の境地と一体化させ、自らを高めることによって句が高まる、句が高まることによって自分自身が高まる、と考える山頭火はセメント試験場で働くなどした。

しかしセメント試験場で働くことが必ずしも自分を高めることにならないのは前に見たとおりである。

山頭火はそこをやめた。しかしながら都会というところは、ただ息をしているだけでカネのかかるところで、しかも身より頼りがほとんどないとなると、銭稼ぎをしないということ乃ち死ぬるということ、なにをしても金を稼がなければならない。

おそらく山頭火の理想は、物書きとして一戸を構える、ということだったただろうが、それをするためにもこのような苦が必要だ、と山頭火は考えたのであった。

しかしその苦しみと目指す高み、生活と芸術があまりにもかけ離れていた。銭を稼ぐために心身をすり減らし、そのため句作ができぬということはできぬ。発想の入り口と出口、原因と結果を取り違えた結果がここに現れていた。

ならば。銭を稼ぐために使っていた労力を多少減じ、句作の方にその力を回したい、と思うのが人情で、山頭火もそのようにした。

では銭を稼ぐための労力を減らすためにはどうしたらよいか。

まあ、ひとつの方法としては行財政改革というか、緊縮財政というか、遣う銭を減らす、という方策がある。

つまりいろんな無駄を排し、月々の入費を抑える。さすれば銭がそんなになくてもやっていける、という寸法である。

けれどもこれは山頭火には適さない。なぜならこれ以上、きりつめようのない生活をしていたからである。

ではどうすればよいかというと、次に考えられるのは転職という手段で、もうちょっと楽に稼げる仕事を探してそっちに住み替えるのである。

例えばサトウキビ畑でサトウキビの収穫に従事、一日十二時間働いて五千円の日当を貰っていた。けれども別のサトウキビ農園に移ったら日当は同じ五千円だが拘束時間は一日十時間で、その空いた二時間分、身体が楽になるというのである。

けれども、もっと楽をする方法がある。

それは自分の得意な分野の仕事に就く、という方法である。

どういうことかというと、サトウキビの収穫に従事する場合、同じ賃金で同じ仕事をしていてもそれを楽と感じる人と苦と感じる人がいる。

なぜかというと、それが得意な人と不得意な人があるからである。

得意な人はやっていて楽だし、不得意な人は苦しい。

具体的に言うと、もの凄く体力があって、身長二メートル体重一二〇キロ、ベンチプレスでは三〇〇キロを楽勝であげ、これまで六度、熊と戦ってその都度勝った。五反田から新宿まで牛を担いで走ったこともある、みたいな人と、痩身にして矮軀《わいく》、握力は十三キロ、先日、七才の女児と喧嘩をして負けた。レース編みが趣味だが、やっているとと疲れてきてなかなか捗らない、みたいな人だと、やはりぜんぜん違ってくる。

と言うと、「しょせんは体力勝負、身体の大きい者だけがいい目を見て、小さい者は苦労するだけなのか、はっ。つまらん。死のうかな」と悲観する人が出てくるかもしれない。

しかし心配は無用である。というのは、やはりそこには、skill っていうかな、know-how っていうのかな、或いは、技術、と日本語で言った方がわかりよいのかも知れないが、そうしたものがある人とない人というのは、同じ仕事をしていても労《つか》れ方がぜんぜん違う。もちろん技術がある方が労れないのである。

だから手に職をつけると謂うことは重要である。私はそのことを熟知していた。なので若いうちに特殊技能を身につけた。どんな技術かというと、「パンクロックを上手に歌う」という技術である。

このskillによって私は楽に金を稼ぐことができただろうか。

結論から言うとまったくできなかった。

なんとなれば、私が携わっていた頃のパンクロックというものは、下手であればあるほど価値がある、という価値観が主流で、パンクロックが上手ということはすなわち下手ということで、ということは、そこらの素人がでたらめにがなっているのと、なにも変わらないということであるが、素人同然の下手な歌を金を払って聞きたい、という奇特な人は、世の中に少なく、したがってやってもやっても儲からなかったからである。

というのはしかしあながち笑い話ではない。

どういうことか。これを東京での山頭火に当てはめて考えてみると、山頭火には俳句の技術があった。

しかし前にもみたように山頭火は荻原井泉水に宛てた手紙で、

私は上手に作られた句よりも下手に生れた句を望みます、たとへ句は拙くても自己

の生命さへ籠もつて居れば、それだけで存在するに足ると信じて居ります、
と述べているようにある部分では、技術を否定していた。それが技術や技法、または知識や有益なtipsであれば、或いは人に是を教えて銭稼ぎができたかも知れない。実際の話、ミュージシャンや画家が素人に教えて生計を立てているということはよくある。自分はゴルフのことはよく知らぬが、その世界にはレッスンプロという人が居るというのを聞いたことがある。

つまり技術ならそうして人に教えることができる。
けれども魂は人に教えることができない。そして山頭火は、生命すなわち魂、が籠もらない句は存在する価値がない、と言い切っている。
ということは人に教えることができない。ということはその技術によって比較的楽に銭を稼いで食っていくことができぬということである。

手品と奇蹟は、此の世にあり得ないことを此の世に現出せしめる、という点で似ているが、実際はぜんぜん違うもので、どこが違うかというと、手品には種があるが、奇蹟には種がない。

手品は人にやり方を教えることができるが、奇蹟は教えることができない。また再現性もない。

芸術家を自称する人の多くは種のある手品を演じ、人々はこれを奇蹟と信じて讃嘆する。そのなかにわずかに奇蹟を起こす人が混じっている。山頭火はその奇蹟を起こそうとしていたのであり、もはや言わずもがなであるが、それを自ら企画して銭に替えることはできない。また目の前で奇蹟が起きているのに、あまりにも奇蹟過ぎるため、それが奇蹟であることに気がつかない人も少なくない。つまり奇蹟は銭にならない。だから山頭火はこれを銭にすることができなかったし、また、しようとも思わなかっただろう。

しかしそれにしたってなにかをして稼がねばならない、となったら、自分のなかにある奇蹟の部分ではなく、技術の部分を利用して楽をしたいと思うのは人情である。梅崎春生という人は二十九才で海軍に召集された際、学校出であったので志願をすれば訓練を受けて少尉に任官することができた。しかし敢えてセメント試験場で働く山頭火の気持ちに似た気持ちがあったのだろうか、それをせず兵隊の身分に留まった。けれどもしばらく兵隊をやって、その辛さが身に染みて下士官候補教育を受け、二等兵曹になったという。

学校出という経歴を生かして楽をしたのであるが、これを責められる人がいるとしたら、生まれてこの方、過酷な労働をしたことも、人に馬鹿にしられて屈辱に身を震わせたこともないままに、邸宅のソファーにブンと座り、硝子越しにお庭を眺めつつ、その白魚のような指をほっぺたに当て、頭《つむり》を少しかたぶけて、「どうして此の世から不平等がなくならないのかしら」と思索する人だけであろう。

だから多くの人は、楽をして稼ぐために使えるものはなんでも使おうと思う。ただ使えるものがあまりない、それだけの話なのである。

そして山頭火もまた高等教育を受けていた。山頭火は西洋の poem や novel を読み、明治四十四年頃、文芸雑誌『青年』にはツルゲーネフの翻訳を出している。

つまり文章が書けたということで、この skill を使って山頭火は大正十一年頃、企業が売り出す新製品の広告コピーコンテストに応募するなどしたらしい。

その賞金は千円。

今の金額で言うと、どれくらいになるのだろうか、仮に一円をいまの五千円ということにすれば五百万円ってことになり、これを葉書一枚で貰えるのであれば、それこそ、skill を使って楽に儲ける、である。

しかしながら、山頭火はいいところまで行って当選しなかった。運のない男である。

とはいうもののなぜ当選しなかったか。

このとき既に山頭火は『層雲』の若頭、大幹部、腕は超一流、言葉の切れ味は鋭く、そこらのコピーライターとはレベルが違ったはずである。ところが当選しなかったのは、そんなものは求められていないし、山頭火自身もそれは重々承知していたのにもかかわらず、ついつい奇蹟を起こすときと同じ手つきで拵えてしまい、でも動機が銭なのでもちろん奇蹟は起こらず、また、売り物としては中途半端なものとなったからではないだろうか。

ということで懸賞金を手にすることができなかった山頭火であったが、それより以前の大正九年の十一月、東京市役所臨時雇の職員になった。臨時雇ということは乃ちバイトで、その点においては水道局のセメントふるいと変わりは無かったが、勤務先がよくて、行くことになったのは一橋図書館という図書館であった。

これにどうやってなったのかは俺にはわからないのだが、まあ応募したか誰かの紹介か、なんかだろう。すんません。俺はなんも知らんのや。工藤好美の妹の紹介ちゅう話もあるらしいけど。

日当は一円三十五銭。つうことは？　まあ、六七〇〇円くらいか。廉いちゃあ廉いが、一日中、篩をふるい続けるよりは遥かに身体は楽だし、本を扱う仕事だから skill は使いまくる感じだったのではないだろうか。

それが証拠に、働きぶりを評価されたのだろう、山頭火は翌大正十年六月、常庸というのだろうか本雇というのだろうか、東京市職員となって月給四十二円を取るようになるのである。

ちゅうことはいまの金高に直して月収二十万以上あるということで、これによって山頭火の銭の苦労はほぼなくなった。なので本稿はこれにて終了する。ご愛読ありがとうございました。

という風に行けばよいのだがそう一筋縄でいかぬのが山頭火の人生。銭の苦労はまだまだ続く。

「僕ニ不治の宿痾あり」

人間はなにを望んで生きているか、と言うと話がでかすぎて自分のような、まるでチクワブみたいなテキトー人間にはよくわからないが、しかしまあ極論を言えば、人間も動物である以上、生きること、つまり死なないこと、を望んでいるのはほぼ間違いないだろう。つまり生存、生き延びること、これが至上命題であるということである。

ただここで問題となってくるのは、どれほどの時間を生き延びたいのか、ということで、例えば、敵がバンバン撃ってくる戦場に居て、いまこの瞬間、撃たれて死ぬるかも知れない、なんて状態であれば、この瞬間、弾に当たらない、つまり長くても一時間、とかそれくらいを生き延びたい、ということになる。

ところが平和に暮らしていると、これがうんと延びて三十年後の暮らし向きの心配をして、年金や保険について考えるようになる。

まあしかし、一寸先は闇、と言い、また老少不定《ろうしょうふじょう》、と言うように先のことはどうなるかわからない。ここで人間は二種類に分かれる。

わからないからことをあれこれ考えても仕方がないから今を楽しく生きよう、と考える人と、わからないからこそこれに備えておこう、と考える人である。

このふたつを比べてどちらがよいか、ということはしかし一概には言えない。

なぜなら人間はみなそれぞれ違った肉体を持ち、違った環境に育ち、違った条件下で生きているからで、「こうした方がよりよい」という法則は実はない。

イソップ童話、「アリとキリギリス」には、今を楽しく生きて先のことを考えぬ愚が描かれるが、広い世の中には先のことを考えず、今を楽しく生きることのみを考え、好きなことに没頭、そのことで一家を成し、大いに繁栄した人もあるし、先のことを考えて営々と働いて貯蓄に励みながら、どういう訳か大した資産を築けず、生涯、金の苦労をする人もある。

つまりわからない。

人間はわからないなかで、ときにわかったような気になり、ときに、わからないまま、無我夢中に生きているのである。

ということなのだが扨、山頭火は、わからないことをあれこれ考えても仕方がないから今を楽しく生きよう、とする人であったか、わからないからこそこれに備えよう、と考える人であったか。いったいどちらだっただろうか。

と言うとそれは本人に聞いてみないとわからないが、ひとつ言えるのは大正八年十月、妻子を熊本に残して単身上京、年下の友人を頼って日傭取り、フリーター生活をしていた山頭火は、大正十年六月、東京市の職員となって四十二円の月給を貰う身分になり、今日の食い扶持を今日稼ぐ、その日暮らしから、少なくとも一か月先までは生きていける身の上となったのである。

しかもその身分は正社員というか、常雇なので、真面目にやっていれば、一年とか二年とか、もっと言うと五年とか十年とか先まで安定的に生きていくことも或いは見通せたかも知れない。

そのうえで俳句を拵えて仲間に見せたり、草を吸ったりして楽しく生きることは十分にできたはずである。

しかも、東京市職員といってその勤務先は図書館。

図書館ということは本に囲まれているということで、文芸を愛好する山頭火にはぴったりの職場であったはずである。だからこそ仕事ぶりを評価されて臨時雇いから本雇いになったのであろう。

さあ、このことによって山頭火は少しは先のことを考え、役目大事に生きただろうか。

結論から言うと、山頭火はそうはしなかった。山頭火は、せっかく得た、この職を大正十一年十二月に退職してしまったのである。

このとき山頭火は四十歳。これに対し、もはや耳順を過ぎた私は、「君、やめて大丈夫なのか?」ととても心配な気持ちになる。

しかし山頭火はやめてしまった。なぜか。山頭火は将来の安定性より、いまの楽しみを欲したのか、と言うと、そうでもないように思える。

というのは山頭火も人間である以上、生きよう、と思う心はあったはずである。そこまでは普通の人間と同じである。しかし右にも言うように、ある程度、先が見通せてくると、人間はただ生きているだけでは満足できなくなって、おもろいことをして、楽しく、生きよう、と思うようになる。

具体的に言うと、食うや食わずの生活をしているうちはそんなことは思わないが、余裕ができてくると、たまには料理屋の飯を食べたい、とか遊山旅に出掛けたい、なんてことを強く希ふようになる。或いは寄席へ行って曲芸を見たり、謡の稽古に通い、そのためには和服が必要、と嘯《うそぶ》き、呉服屋に行って帯と着物を誂えたりする。

しかし山頭火は想像するにそういうことをあまり考えなかったように思える。山頭火には楽しく生きたい、という心があまりなかったように思えるのである。

確かに山頭火は茶屋酒というのだろうか、自分はとても残念なのだがそういうところにあまり行ったことがないのでなんといってよいかわからないのだけれども、遊里のようなところに行って酒を飲んだ。

しかし山頭火がそうしたところを描くと、

山百合に妓の疲も憂し紘切れて

なんて、まったく楽しそうでなく、逆に倦怠や虚無、暗く、不気味な、人間の奥底の闇にぼんやりした明かりが灯っている、みたいな感じになる。

そうすっとこんだ、旅行はどうなんだ、という意見が出る。

あれほどあちこち旅した人なのだから、旅行は楽しかったんじゃねぇの。という意見である。それが証拠に山頭火は明治四十四年、

僕ニ不治の宿痾あり、烟霞癖也。人ハよく感冒にかゝる、その如く僕ハよく飛びあるく、僕ニ一大野心あり、僕ハ世界を──少くとも日本を飛び歩きたし、風の吹く如く、水の流るゝ如く、雲のゆく如く飛び歩きたし。而して種々の境を眺め、種々の人ニ会ひ、種々の酒を飲みたし。不幸ニして僕の境遇ハ僕をして僕の思ふ如く飛び歩かしめず、希くハ諸兄よ、僕ニ各地の絵葉書を送付せよ、僕ハせめてその絵葉書ニよりて束

縛せられたる渡り鳥の悶を遣らむ。僕もまた随処随時諸兄に対してその絵葉書に酬ゆるに吝《やぶさか》ならざらむ、

って書いとんじゃ、滓《かす》。なめとったらしばくぞ、と親切に教示するに吝ならざらむ、ちゅうこってある。

つまりどういうことかというと、前段では、ふと思いつくままにいろんなところに行き、いろんな人に会い、いろんな酒を飲みたい。と言い、後段では、しかし今はそれができる状況ではないので、各地の絵葉書、を送れ、と友人に頼んでいる。そしてこの、各地の絵葉書、という言葉に白丸がついていることから、これが実際の絵葉書ではなく、各人の主観に映じたる各地を文芸的に表現して送れ、と言っていることがわかるのであるが、それはまあよいとして、とにかく前段で、自分は旅行がしたい人間だ、と言っているのであり、しかし東京市の職員になってしもうたら、その旅行が思うままできない。

だから我慢できなくなって辞めた。

山頭火というのは辛抱ができない我が儘な人間として否定的に語る、或いは、と同時に損得を考えないで振る舞う天衣無縫で自由な人として肯定的に語る論説である。

しかーし。俺なんかはこれは違うのではないか、と思う。というのは、この文章には青

年らしい客気《かっき》や甘えが窺え、そしてまた全体の調子としては笑かす感じがあるが、その根底には切実なものがあるように感じられるからである。

特に冒頭の、「僕ニ不治の宿痾あり、烟霞癖也。人ハよく感冒にかゝる、その如く僕ハよく飛びあるく、」というところは切実であるように思える。

ここに見て取れるのはどうしても一所にじっとしておることのできぬ人の姿である。

私は、明治末から大正にかけてはいざ知らず、いまそういう人は多いのではないだろうか、と思うというのはかく言う自分自身がそうだからで、近年、集中力を欠くこと夥しく、一冊の本をじっくり読んだり、二時間の映画を観たり、集中して仕事に取り組むことができなくなった。

で、どうしているかというと、数冊の本を脇に置いて、三十分読んではまた別の本を読み、十五分読んでまた別の本、なんてことをしている。しかし映画はそういう訳にはいかない。なので二時間の映画を観るためには、相当の覚悟が必要で、数日前から滝に打たれたり、崖から飛び降りたり、御仏に合掌礼拝して念仏するなどの精神修養がどうしても必要になってくるのだけれども、映画一本観る集中力もない人間にそんなことは不可能なので、映画は観ず、YouTubeで数分のコントや漫才、拳闘などを見るに留めるのだが、ときに集中力が三分持たないときもある。理由はわからないがエロサイトだと比較的集中するので、集中力を高めるトレーニングとしてエロサイトを眺める。

仕事となると義務感や責任感が伴うせいかもっとだめで、ごく稀に没頭して時を忘れることもあるが、そういうときに限ってメールやラインが着信して、それによって集中力は無惨に途切れる。

なんてことは私に限ったことではないようで、程度の差はあるが、周囲の人に聞くと、「自分も同じように感じている」という人が少なくない。

このとき私たちが感じている感覚は、ひとつの事、をしているとき、此の世にあるそれ以外の事、が気になり、今している事、に集中できない、という現象である。なぜそうなるかというと、今している事以上にもっと重要な事が他にあるのではないか、という観念に常時とらわれているからである。

これを山頭火に当てはめ、ひとつの場所に安住しようとするとき、この世にあるそれ以外の場所が気になり、心落ち着かぬ、という観念にとらわれている。ということはできないだろうか。

そしてなぜこのように心落ち着かぬのか、ということが自分にもわからない。そこで酒を飲んでその落ち着かぬ気持ち、不安を麻痺させる。吾をなくする。

しかし酔いはいずれ覚め、酔態は悔恨を呼び、悔恨は不安を成長させる。

ということは。そう、

大正十五年四月、解くすべもない惑ひを背負うて、行乞流転の旅に出た。

その、解くすべもない惑ひ、ってなんなのか。やっぱし銭か、と思うてここまで考えてきたが、それは銭のこともちろん大きいが、もし仮に家の商売が失敗していなくて、銭が唸るほどあったとしても、山頭火はこの、惑ひ、を負うていた。

だからこそ、妻子を捨て、単身出京、と言えば聞こえがよいがまあはっきり言って家出をし、せっかく得た正社員を辞してフリーターに逆戻りして、最終的には、行乞流転、と言えばなんか格好いい感じがするが有り体に言えば乞食、いま現在実感のある言葉で言えばホームレスになってしまったのである。

なのでここから以降は銭のこと以外についても見ながら、考えていくことに致す。

離婚離婚離婚

大正十五年四月、山頭火が、負うて負いきれない荷物を背負って行乞流転の旅に出た、その理由の一つは銭の労苦ではないのか、と考えて、スーパーマーケットの店内を流転してきたが、せっかく得た正社員といいりか正規職員の職を辞してしまう、安定的な立場をいともあっさりと捨ててしまうといった行動から、やはり銭以外の深甚な問題が山頭火のなかにあったのではないか、ということになったのは、まあ考えてみれば当たり前の話である。

人間がなにか行動するとき、その理由は一つではない。

それもあるがあれもある。あれもあるがこれもある。という具合に過去現在未来を貫くいろんな事柄がいろんな風に絡み合い、もつれ合って、できた模様とも言えない模様が、人間の行動パターンで、専門家はこれを称して、「人間模様」と呼ぶ(らしい)。

だから医者とか学者とかはじっきに「これが原因ですら」と言うが、それは事実（というか現実）の一端に過ぎず、それですべてが分かるわけではない。

〽おらぁ　グズラだどヒヒヒヒ。

と歌いながら家に帰ってもらいたいものだ。そしてネットも禁止。なんて言うのは言論封殺だ。そんなことを言って真っ先に、「おまえは黙っとけ」と言われるのはこの俺なんだよ。死ねや、クソがっ。

俺はなにを語っているのだろうか。そう、山頭火である。山頭火は、東京市を退職するに当たって大正十一年十二月二十日の日付で退職願を出している。そこには、

自分儀病気ノ為メ退職致度候間御許可被成下度　診断書相添へ此段相願候也
（私は病気のため退職したいので許可が下りるよう診断書を添えて提出します。）

とあり、診断書には、

頭重頭痛不眠眩暈食欲不振等ヲ訴ヘ思考力減弱セルモノノ如ク精神時ニ朦朧トシテ稍《やや》健忘症状ヲ呈ス健度時ニ亢進シ一般ニ頗ル重態ヲ呈ス

とあって、はっきり言ってもう駄目、みたいな感じになってしまっている。

これでは到底、仕事はできないが、ま、もっと銭がないときはここまでの状態にならず、まあまあ普通に笑ったりしていたのだから、こうなった原因は銭ではないと思われる。この時点では前より銭がある訳だし。

という風に考えると、明治三十七年、早稲田をよしたときの神経衰弱も、「実家が傾いたため経済的な不安が生じて」という、やはり銭が原因、という話もあるけれども、どうもそれだけではないような気もしてくる。

ほんだら、昔のことはさておいて、この大正十一年十二月、なぜ山頭火はここまで精神的に追い詰まってしまったのか。

ひとつには、職場の人間関係というのがあるらしい。

どういうことかというと、山頭火は図書館での働きぶりを評価されて本雇になったのだが、その働きぶりを評価してくれた上司が転勤になり新しい上司が赴任してきた。

ところがその上司とうまくいかず、いろいろと苦しんだ、というのである。

しかしまあ、そりゃあそうかも知れないが、まあ、はっきり言ってそれくらい我慢しろよ、と思う。それに役人なんてものはしょっちゅう転勤があるのだから、暫くの間、耐え忍べばこの上司も異動か転勤になるはずである。

ところが山頭火は駄目やった。その我慢ができず、神経衰弱、今の感じで言うとメンタルを病んだ、ということになってしまった、というのである。

そう言ってそうかも知れぬのは、山頭火の周囲にはどんなときでも必ず少数の理解者、崇拝者のような人が居て、山頭火はそのような人達に支えられて生きているようなところがある。

というのはもちろん俳句を中心とした文芸に関係する人達で、地元においてもそうした仲間との交際はおもしろくもない、潰れかけの酒屋の仕事をする山頭火の心の支えだっただろうし、なんの縁もゆかりもない熊本に行ったのも、句友・兼﨑地橙孫がいたから、とただそれだけの理由だったたし、妻子を残して東京へ出奔したのも、茂森唯士を追いかけて、行った、みたいなところがあり、また、行乞流転の旅に出てから後も句友との繋がりと孤独は一体的なものであったように思える。

だからもしかしたらこの前、明治三十七年にメンタルをやられたときも、先に申しあげた学資の方がうまいこといかんことによる苦悩、に加えて、なんらかの理由で友だちがおらんくなった、ちゅうことがあんちゃんけ？と俺なんかは推測するのである。

それを考えれば地橙孫が熊本から去り、そして茂森が去ったのは山頭火からしてみれば、

「話が違う」と言いたくなるようなことで、でも最初からそんな話はしていないし、向こうだってまさか山頭火がそんな風に考えているなんて思わない。

図書館の上司にしても同じことで、人との縁、を重視する山頭火にしてみれば、その人がいる／いないとでは、職場環境は天と地ほど違っており、その苦脳により心神耗弱状態に陥った、と考えられる。

もしいま書いているこの文章が、小説ならば、こういうところは割合おもしろくなるところで、どういう風にするとよいかというと、この元の上司（竹内といったらしい）を極度によい人に描き、新しい上司（島田といったらしい）を性格激悪に書くと読者のなかに贔屓の気持ちが生まれ、読んでいておもしろいと感じるし、それよりなにより書いている方が、より感情的になって筆が走る。

その場合のコツは、竹内を自分の理想とする人・尊敬できる人、竹内さんとして描き、島田を、自分が実際に知っている人間で、嫌いな奴、軽蔑する奴、法律がなかったら殺したい奴の、マイナスの部分をすべて凝集させたような奴、島田のボケ、として描くことで、そうして書いているうちにドンドン興奮してきて、作り事であるのにもかかわらず真に迫った、確かな真実がそこにある、みたいな文章ができあがる。

って俺はなにを言っているのか。誰が小説の書き方を説明せえ言うたんじゃどあほっ。えらいすんまへん。

という訳で、以上が、大正十一年十二月に山頭火が詰んだのは、銭に加えて職場の人間関係が原因説、である。

しかし実はそれ以外のことが山頭火の身辺にこの頃、起こっている。

〽それはなにかと尋ねたら、ベンベン
〽あー、離婚離婚離婚離婚離婚離婚、ベンベン

ということで、

離職に先立つ大正九年十一月にサキノと離婚している。

これが山頭火の孤立感・孤絶感をより強めた、という考え方である。それはそうかもしれないが、別に大した影響を受けなかったのではないか、とも考えられる。なぜかというと西洋の文学や思想を学び、「やはり結婚の根底には、そして家庭生活には男女の愛がありやんとあかん」と信じていた山頭火は、父親（竹治郎）が主導して進めたこの結婚をそもそも嫌っており、人が振り返るほどの美人であったサキノをあまり愛さなかったからである。

だから別に離婚すると言われてもあまり衝撃を受けない。

そしてまたサキノの兄が介入して進められたこの離婚に当たって当人同士は顔を合わせておらず、サキノの実家から送られてきた離婚届にまず山頭火が押印して返送、これにサキノが押印する形で成立した。

さらにまた、このとき山頭火は、サキノの実家があんなことを言ってきてうるさいから取りあえず判をついて返送するが、サキノは捺さぬだろう、と考えていたらしい。

そうしたところ熊本に居たサキノは山頭火も兄に説得されて離婚の腹を固めたのだろう、と考えてこれに押印、離婚が成立した、ということらしい。

リモート離婚ならではの間抜けな話だが、ということは山頭火は自分が書類上離婚したことすら、一定期間、知らなかった可能性があった、ということになる。へベンベン。

ということは。そんなことを言いながら山頭火は実は根底のところでサキノを信頼し、まさか離婚に同意するとは思わなかった、ということで、もし本採用になるに当たって住民票ではなく、戸籍謄本を出せ、てなことを言われていたら、これを見た山頭火は衝撃を受け、精神を病んだかも知れない。いっやー、どうかなー、とも思うが、これが原因で銭のことも忘れて離職に至ったというのが離婚影響説。

で、もうひとつ考えられる説がある。それは。

自殺した母の記憶

大正十一年十二月、頭重頭痛不眠眩暈食欲不振等ヲ訴へ思考力減弱セルモノノ如ク精神時ニ朦朧トシテ稍健忘症状ヲ呈ス健度時ニ亢進シ一般ニ頗ル重態ヲ呈ス、というどえらいことになって山頭火がせっかく得たいい感じの仕事を辞めることになったその理由を探って、①職場の人間関係、②離婚によって孤絶感がいや増した、という二つの仮説を立てたが、どちらもどうも決定的じゃないように思える。

ほたらなんぞいや、ということを考えるに、やはりそれはもっと以前にあって、山頭火の人としての在り方を決定づけたとは言わないが方向づけたに違いない或る事ではないか、と考える。考えてみる。

〽それはなにかと尋ねたらベンベン

と態《わざ》と謎かけみたいな感じで言うのはそれがどうしようもない、そしてまたありふれた悲劇だからで、そんな感じにしないとかえってそのことの当人にとっての深刻な感じが伝わらないと思うからである。

というのはなにかと言うと、その母の死である。

山頭火の母、フサ（当時三十一歳）は明治二十五年三月六日、自宅敷地内の井戸に身を投げて死に、当時九歳の山頭火はこのとき引き上げられた母の屍骸を見た、と言われている。

実際に見たにしろ、見なかったにしろ、このことが山頭火にえげつない衝撃を与え、のちのちまで人格に影響を及ぼしたことは間違いないだろう。

山頭火は昭和十五年、それまで出していた折本（綴じてない、折っただけの本、お経のなにみたいな奴の）句集をまとめて『草木塔』という題の句集を自選一代句集として出したが、その最初のところに、

若うして死をいそぎたまへる
母上の霊前に
本書を供へまつる

と書いた。

それまでの句業、山頭火の場合は生きたことのほぼすべて、を亡母に捧げるといっているのである。

つまりそれほどに母フサの死は山頭火の人格、ひいては人生に影響を及ぼしたということである。

と言うとき私には、私の耳にありありと響く声がある。それは、

「ほれやったら早よ、それ言えや」

「グダグダ言うてんと、それ先に言えや」

という声である。

そらその通りだ。私もそう思う部分が無いではない。実際の話が、山頭火についての本を読むと大抵がその話を割と最初の方に書いてあって、そのことがその後の山頭火の生涯を決定づけた、と書いてある。

じゃあなんでそれを先に言わぬのかというと、それを先に言った場合、「あ、なるほど」とそれですべてを納得してしまい、それから先はなにがあっても、「母の自殺」でなにもかもを片付けてしまいそうな気がしたからである。

しかし当たり前の話だが、人の一生にはいろんなことがあり、そのすべてがその人の性

格や感情に影響を及ぼす。或いは、山頭火の場合には特にそれが顕著だが、自ら学び、かくあるべしと考える自分に自分を鍛え直す、ということもある。

と同時に人間の思考や感情というのは机やテーブルの天板のようなもので面積が限られている。だからいっときは、悲しい、で一杯になっていても、やがてそれは必要に応じて、おもろい、とか、むかつく、とか、が広げられることもある。

どういうことかというと、悲しい思いで一杯になって放心して、ふと見上げた空を、「美しいな」と思う、なんてことがあるということで、山頭火にしたって、句友や自分を崇拝する人たちと酒を飲んだり、行乞で思いのほか儲かったり、その儲かった銭で清酒を飲み、ゆっくりと風呂に浸かるときなど、その瞬間は、「ぎゃあああっ、たのしー」とか、「やったぜ」とか、「ええのお」といった気持ちになって、母を追慕する気持ちは一旦、机の上から取り払われていたに違いない。

そうしたことごとすべてがその人の人格であり、その人の意志であり、かつまた行動であるから、その行動の理由を考え、その人がどんな人であるかを考えるとき、たとえそれが重大かつ決定的なことであったとしても、ただひとつの理由だけを取りあげて、それですべてを説明すると、実相とはちがってきてまうというか、当人からしたら、「そうだけど違う」ということになってしまうのではないだろうか。

ということで早く言わずに遅く言ったのだが、まあ、そういうことでなんでも一言では説明できない。もっとはっきり言ってしまえば、一言で解った気になっている奴は馬鹿である。「一言でお願いします」と言う奴も馬鹿である。そしてなかなか話が先に進められない奴も馬鹿である。進めよう。

とはいうものの母の死は山頭火の生に影響を及ぼしたことは間違いない。そのときどんな感じだったのかが、大山澄太『俳人山頭火の生涯』の最初の処に故老の回想として書いてあって、それによると、

①そのとき山頭火は近所の子供五、六人と敷地内の納屋のようなところで芝居ごっこをして遊んでいた。
②そうしたところ、「わあ」と声をあげながら皆が（種田家の使用人などと思われる）母屋と土蔵のところにある井戸の方へ走っていった。
③子供たちもついて行こうとしたところ、「猫が落ちたのじゃ、子供はあっちへ行け」と言われ、追い払われた。

ということだったらしい、真に迫った話だが、それもそのはず、これを語った故老とい

うのが、そのとき山頭火（当時は正一さんと呼ばれていた）と一緒に遊んでいた子供のうちの一人だった。

それから山頭火自身が語ったところによると、

①このとき山頭火は十一歳だった。
②この日、父・竹治郎が妾を連れて別府に遊びに行った。
③何人かの子供と遊んでいたところ、母屋が騒がしく、それで走って行った。
④土間の母親の屍骸を見た。そのとき母親の顔は紫色だった。
⑤親戚が来て、「子供はあっちへ行け」と言って引き離された。
⑥それが母の最期だった。

ということらしい。

古老の回想と異なる点がいくつかあるが、もっとも大きく異なっているのは、子供たちがフサの遺骸を見たかどうかで、でもこれはより具体的な山頭火の言う通りであるように思える。

或いは、年齢が異なった子供が一緒に遊んでいて、年下の、したがって足の遅い子供は遅れて駆けていき、母屋の入り口で大人に帰されたのかも知れない。

それよりも重要なのは⑥の「それが母の最期だった」というところで、これはそのまま読めば、このようにして母は死んだ、ということになるが、この最期という言葉を、最後、と読めば、それが私が見た最後の母の姿であった、とも読める。

これが九歳または十歳の子供に強い印象、それも一生、引き摺るくらいの強い印象を残さないわけがない。

山頭火は常に現実を厭悪《えんお》し、ここより別の場所を希求していた。酒を愛し、酔うて吾を失うことが度々あったという。それは美しかった母の、このように変わり果てた姿を見てしまったからに他ならない。

また、山頭火は、

女の肉体はよいと思ふことはあるが、女そのものはどうしても好きになれない

と記しているが、これは期せずして坊さんが煩悩を滅するためにする具体的な方法、すなわち肉体を不浄なものととらえるため、これが腐敗していく様を映像として頭に浮かべる、みたいなことをやろうと思わなくても、心の奥底で自動的にこれをやってしまう機能が搭載されてしまっていたからではないだろうか。

或いはそしてまたもうひとつ、アホの小説家の勝手な想像を申しあげると、遊んでいるときにそんなことが起きたというのは完全な不意打ちであり、このことは、

「こうしている間にも、ここでない場所で今の自分が思いも寄らないとんでもないことが起こっているのではないか。ここでこんなことをしている場合では無いのではないか」

という根拠のない焦燥感、それによって一所に落ち着いていられない、みたいな気持ちを山頭火の心に植え付けたのではないだろうか。

このことが遠因となった、というのが母親自殺遠因説。


つまり、銭の問題を凌駕して山頭火をして安定的な職を辞さしめたのには、

①職場の人間関係
②離婚によって孤絶感がいや増した
③そもそもそういう人だった

という三つの理由があるのではないか、と考えたわけだが右にも言うようにこうしたことが複合して、そのような事態になったのだろう。

しかしそれにしたって銭を稼がないと生きていけない境遇の山頭火から銭の問題がなく

なったわけではなく、その後、山頭火がどのように生きたか。そしてまたさらにこれまでにあったもうひとつの死の問題、そこから醸成されていった、解くすべもない惑ひ、これをまた申しあげていくことに致しましょう。

弟・二郎までが……

自分自身が今こうなってる理由はなにか。ということを考えるとき、人は二つのことを言う。「お蔭」と「せい」である。

どういうことか。まず、「お蔭」について言うと、今がたいへんによく、その理由を他に説明するときは、「お蔭」について言う。

具体的に言うと、スポーツ選手が優勝したとき、政治家が選挙に受かったとき、賞を貰ったとき、結婚したとき、など慶事吉事に臨んでは、「私の今日あるは皆様のお蔭」と言った調子で、「お蔭」について語り、

「私が優勝できたのは人並み外れた才能があったからです」

とか、

「当たり前です。努力したんで」

など言う人はおらずそこは謙虚に、「お蔭」を強調する。

次に、「せい」はどうかと言うと、今がとても悪く、その原因を考えて、「せい」に辿り着くのは、

「俺が出世できないのは嫁の実家《さと》が水呑百姓だから」

とか、

「俺が貧乏なのは周りの人間がそろって悪辣だから」

とか、

「俺の作品が売れないのは大衆が愚鈍だから。それとＤＳの陰謀」

といった具合である。

いずれも人間の考えることだから合っている部分もあれば見当外れなところもあるだろう。しかし、山頭火のこと、つまり、どうして乞食坊主になったのか、ということを考えると、どうしても「せい」と言いたくなってくる。

なかでも大きいのは、前に述べた、母の死、で、その死の影は山頭火のその後の人生にさして、照る日を覆い隠していたように思える。

しかーし。それだけなら、というのは、すべてを「せい」と言って終わっていたなら、山頭火はただの酒飲みのおっさん、っていうか乞食、けっして自由律俳句の第一人者として令和の御代まで名を残すことはなかった。

じゃあなぜそうなったかというと、どうしても「せい」になりがちな自分の境涯を力業で、「お蔭」に持っていこうとした、その上向きの力に、人が共感を感じたからだろうし、山頭火の句業のすべては、「せい」を「お蔭」に持っていくためにあったと言えるのではないだろうか、と俺なんかは愚考する。

山頭火はきわめて酒癖が悪かったという話もあるし、いい人で会う人はみんなその話に魅了された、という仁もある。どちらが本当かというと、そりゃどちらも本当なのだろうと思うのは、自分について考えるとき山頭火が、その「せい」と「お蔭」の間を常に往ったり来たりしていたからやおまへんだろうか。

俺は自信がないことを言ふとき、言葉を細工して誤魔化す。方言や歴史的仮名遣いで。山頭火はそんなことはしなかったのんた。

で、なぜそがいなことを言うかというと、何度も言って申し訳ないが、一言、「せい」または「お蔭」で説明しないためである。

で、そのうえで言うと、母の死は山頭火のその後の人生、というか人生観を左右する出来事であっただろうが、実はこの間、山頭火の身の周りにはさらなる死があった。

大正七年七月、熊本に行って二年経ち、まあまあそれなりにやっていた山頭火の許にやってきた報せは弟の死を伝える報せであった。

山頭火の弟、二郎はどういう事情があったのか、まあ当時はよくあったことなのだろう、種田家の親戚である有富家へ養子に行っていた。

ところが。大正五年、父・竹治郎が夜逃げし、種田酒造場が倒産した後、二郎は離縁されて有富家を出されている。

人と人の間にどのような感情の通交があったかは、いつ何時も解らない。うかがい知れない。ただ、銭金のことなら少しは解る。何故かというと村上護『山頭火　漂泊の生涯』を読んだからで、それによると大正五年四月七日に種田酒造場の土地建物は人手に渡っているのだが、その譲渡先は、妹・シズの嫁ぎ先の町田米四郎と二郎の養家の有富イクである。

つまりどういう事かというと、竹治郎は自分の娘、息子の嫁ぎ先、また養家に、運転資金を借用し、それを踏み倒して逃げた、ということであろう。

それに際して、竹治郎は種田酒造場の土地建物を家質として差し出していたのだ。

そしてそんな酒造場なんてものを持っていたってしょうがない、町田家と有富家はこれを売却して多少の資金を回収したものと思われる。

つまり町田家と有富家は種田家によって随分と損をさせられたのであり、その後の種田家との付き合いはやはり以前とは違ったものとなったと思われる。

特に有富家の方は相当にむかついたらしく、二郎は有富家を離縁されてしまったのである。

一方、妹のシズの方はどうかというと、特に離縁されるというようなことはなく、その後、山頭火との交流も続いたようだ、やはり町田という姓の人は人格的に優れた人が多い、という説がいまや学会の主流、という話を聞いたことがあるような気がしてならない。

まあそれは措くとして、とにかく二郎は有富家を出された。もっと言うと追い出された。といって実家はもうない。

それでどうしたかというと、兄・正一のところに行ったらしいが、放埒ながら人間の生き方・在り方に厳密な山頭火から見ると気に入らぬことが多かったのかも知れない、ここも出ざるを得なくなり、ついに大正七年六月、山口県岩国市の愛宕山、というところで縊《くび》れて死んだ。

この愛宕山という山は、検索したところ、山と言って、標高が一二〇米かそれくらいしかない低い山で、かつては神社があるなどして、奥深い山ではなかったようである。ほて、かつて、とか、なかった、しか過去形で語っているのはいまはこの山は開発のため削られ、半ば平地となっているらしいからである。

つまり、分け入っても分け入っても、という感じの奥深い山ではなく、人里の延長のような山、ということで二郎は、人知れず白骨化することを望まず、早くに発見されることを望んで、この場所を選んだのではないか、と思われる。
そしてまた、この時の二郎の遺書には、

内容に愚かなる不倖児は玖珂郡愛宕村の山中に於て自殺す。
天は最早吾を助けず人亦吾輩を憐れまず。此れ皆身の足らざる所至らざるの罪なら
ぬ。喜ばしき現世の楽むべき世を心残れ共致し方なし。生んとして生き能はざる身は
只自滅する外道なきを。
大正七年七月十八日
最後に臨みて

かきのこす筆の荒びの此跡も苦しき胸の雫こそ知れ
帰らんと心は矢竹にはやれども故郷は遠し肥後の山里
肥後国熊本市下通町一丁目一一七の佳人

醜体御発見の方は後日何卒左記の実兄の所へ御報知下され候はゞ忝く存じ奉り候
敬白
熊本市下通町一丁目一一七　種田正一方へ

とある。

哀れな文面ではあるが山頭火にとってはつらい内容の遺書であっただろう。なぜというに、これは山頭火、というか、兄・正一に対して、「おまえが薄情だから俺は死ぬしかなかった。怨む」と言っているに等しい内容だからである。まあ、

天はもはや自分を救わない。それは仕方ない。けれども人も薄情だった。

この人というのは世間であり、養家であり、肉身である、と読むことはできる。けれども、最後に臨みて、とある歌の方の、

この乱れた字は俺の苦しみの飛沫だと思え。俺は俺の苦しみをインクとしてこれを書いている。

とあること、それから、

帰りたいけど故郷は遠いから帰れない。俺の故郷は肥後の山里だ。

とあるのは山頭火に対する呼びかけ、もっと言うと嫌味、もっと言うと嫌がらせ。とも言える。というのはだってそうだろう、故郷というなら防府のことを謂うべき所、敢えて、肥後の山里、と言っているのは、俺が心に恃《たの》んでいたのは兄だけなのだ。だけどそこには帰れない。帰らせて貰えない、と言うことだろうし、実際は町中にある山頭火方を山里となぞらえているのにも、意味と意図を感じる。

かつまた、その後にある、

肥後国熊本市下通町一丁目一一七の佳人

というのはどういうことでしょうねぇ。なんつうこと、俺なんか考えてしまう。

関東大震災に遭う

遠い記憶である母の死と、近い弟の死は山頭火を打ちのめしただろう。酒と死。このふたつ、山頭火は生涯之れを意識せざるを得なかったように思う。

このことについて山頭火は自己処罰的な感情を抱いていた。

そしてそのうえで山頭火は文学への志を抱いていた。そして明治のこの時期、文学を志すということは社会を造り替えること、或いはまた新しく創り出すこと、であっただろう。

そしてそれは、自分自身をこれまでの世間から切り離された個人として造り替える、または創り出すことでもあっただろう。

多くの青年がこんな考えに接近したのは大学周辺に蔓延していた文学なるものへの憧憬や時代の状況もあっただろうが、山頭火の場合はより、こんな考えに乗りやすかったのかも知れない。

なぜなら、「母はなぜ死んだのか」という解けぬ問いは山頭火につきまとい、また、これを救うことができなかった自分を罰したい、という気持ちは悔恨としてずっとあったが、もし、(父親の妻に対する態度や行動に現れる)因習的な前の時代の意識によって母が死んだ、とすれば、子である自分がこれを打ち破り、乗りこえることは母に対する供養であり、ひいては自分自身の救済にも繋がると思えたからである。

しかーし。山頭火は自分のメンタルと実家の経済状態の悪化により、学業を中途で断念することになった。

と知って、因果やのー、と俺なんかは思う。なぜというに、近代化というのはそうした個人の意識だけではなく、社会の仕組みも大きく変えるもので、っていうかそんなものは副次的なもので、なんでこの時代の多くの賢い人が「近代化しややんとあかん」と言ったかというと、然《そ》うしないと西洋列強に対抗できず、その結果、植民地化される。それを防止して江戸時代に各国と結んだ不平等な条約改正を認めさせるためには、強い国を作らなければならない、と考えたからである。

そして、遥か昔、高校で習ったところによれば、その為の方策の一環として地租改正やなんかも行われ、その結果、昔からの大地主であった種田家は時代の波に乗りきれず没落した。

というのは山頭火が呪った因習的な家は近代化の波に呑まれてなくなったということで、

それは山頭火にとっては喜ばしいことであるはずだが、そのことによって山頭火は銭の苦しみを負い、精神が不安定になって学業を続けられなくなった。

これを見て自分は、因果やのー、と感じたのだが、それに留まらず不幸なのは、銭がなくなったからといって家というものが完全になくなるわけではなく、また血縁・地縁というものはしぶとく残って、ただただ銭がなくなって貧の苦しみが加わるだけ、みたいなことになったのは人の世の悲しい習いなのでございましょうか。

ということで山頭火はロシア革命などにも共鳴していたようだが、ずっと旦那衆なら兎も角、貧乏人になった山頭火は観念を弄ぶ余裕なく、また兵隊として働くこともなかっただろう。

そしてそもそも亡母を慕う気持ち、死者を悼む気持ちの根底にあるものを凝視して句作するうち、次第に山頭火のなかに自分が否定しようとしていたものと自分が作り出そうとしていたものが、互いに否定し合うものではなく、本来、人間のなかに一体的にあるものであり、それを相闘わせることによって両方を潰してしまった、という悔恨が芽生えたのではないか。

死んだ者は還らない。時間は逆には進まない。潰したものは元には戻らない。

それは悔恨しても悔恨してもこれで終わりということはない。

うまれた家はあとかたもないほうたる

それから救われるためにはどうしたらよいか。

この問いこそが、解くすべもない惑ひ、ではなかったのだろうか。

酒を飲めば自分はどっかへ行ってしまう。それは処罰されるべき自分の一時的な死だが、自分がなくなることは、快楽をともなった。

酒を飲んで我を失うことは山頭火にとって処罰であると同時に報酬でもあったのだ。

だからほんとうのことを言えばあっさり死んでしまえばすべてが解決するのであり、実際に山頭火は自殺を試みている。

けれども人間のなかに埋め込まれた死を厭い恐れる装置が作動して、或いはなにか超越的な力の働きがあったのか、死にきれず、しょうがないので生きるうちに、自分を処罰しているはずが実は快楽を求めていたり、ならばいっそ、と開き直ってトコトン快楽を追求してみたところ途轍もなく苦しくなる、ということに気がつき、どうしようもなくなった。

分け入つても分け入つても青い山

というのはそういうことなのだと自分なんかは思う。これこそが解くすべもない惑ひ、なのである。

さてそれでそして。といってじゃあ山頭火に銭が唸るほどあったら斯うした問題はなかったのだろうか。そんなことは多分ないと思うが、しかしそれは随分、普通な感じというか、右のような問題はなにも山頭火だけが抱えている問題ではなく、そもそも誰の心の奥底にもある問題で、だからこそ山頭火の句が多くの人の感情を揺らすのだが、ただーし。普通の人には、彼を取り巻く世間があり、彼を包み込む血縁関係があり、それらの間を潤滑油のように流れる銭がある。

この銭がなくなったため、二郎は養家との摩擦が烈しくなってボロボロになって愛宕山中に縊れた。竹治郎は野垂れ死に近い死に方をした。

昔ならいざ知らず、いまの世の中、懐に銭がないとどうすることもできない。

後の日記にも銭のことが毎日のように出てくる。

銭金について、「そんなものは知らん。俺の愛読書は中野孝次先生の『清貧の思想』だ。銭金は穢らしい」など言える人ははっきり言って銭金の苦労のない人だけである。

コンビニやSMに行って狩猟採集することが許されていれば知らず、いまは食うこと、寝ること、イーコール、銭を稼ぐこと、である。

ということで山頭火の人と作品は、右のような境遇も影響を及ぼしているが、銭金もこれに確実に影響を及ぼしている。つまり。

山頭火が生涯、旦那衆であったら、その句はまったくとは言わないが、かなり違ったものになったはずで、よく言われる「母の死」と同じくらい「銭がない」「乞食の身分」ということが、山頭火の、その都度の考え、行動、その結果、生まれる句に大きな影響を及ぼしたと考えられるのである。死と銭、これを分けて考えることはできないし、どちらがより決定的であったか、優劣順位をつけるようなものではない、ということでありましょう。

それをむっさ雑に言うと、「そういうやっちゃねん」ということになる。

ちゅうことで、大正十一年十二月に山頭火は二年以上勤めた勤め先を辞した。で、それからどうなったか。どうしたか。

まあ、それはわからないのだけれども、右に言うとおり、人間の行動には「する」部分と「なる」部分があり、まず、「する」「した」部分で言うと、翌年五月頃には熊本の額縁店「雅楽多」に行ったようである。そのときがどんな感じだったのかはわからぬが東京での生活に疲れ、文学で身を立てる目途も立たぬので戻って、「まあ、またよろしくたのまあ」みたいなことを言ったのだろうか。けれどもこの時点では既に離婚も成立しているし、夫人からすれば、「いまさらなんかしてけつかんる」或いは「どの面下げて戻って来たんじゃド阿呆」と言いたい気分だっただろう。実際の話、このときは元の鞘に収まるということはなく、すぐに東京に戻ったようだ。

もしかしたらそのまま都市の細民として、此の世の何処かへ紛れ込んで行方がわからなくなって一生涯を終えたかも知れない。

ところがそれから数箇月後の大正十二年九月、自分の意思でするのではなく、勝手に、そしてまた、自然に「なる」ことがあった。

なにかというと、まさしく自然現象である地震、俗に言う「関東大震災」である。

これははっきり言ってえげつないことであったらしく、多くの人が被害に遭った。

このとき早稲田の学生だった井伏鱒二が書いた「関東大震災直後」という題の文章を読むと当日を含む三日間は余震と火事と暴動の噂に恐怖し、四日目以降は火事は収まったがそこいらに骸《むくろ》があって、「頭がふらふらになったのを覚えている。」って感じだったらしい。

ではそのとき山頭火がどうしていたかというと、井伏鱒二の新宿戸塚の下宿は壁は崩れただけで焼けなかったようで、賄いもあったようだが、当時、山頭火が居た本郷湯島の下宿は一日目に焼けて、焼け出された山頭火は早稲田の茂森唯士方に行った。

そこには知り合いが多く集まっていて、「えらいこってすな」「ほんまですな。これからどないしましょ」など話し合ううち、もう東京がどうなるかわからぬからとりあえず郷里へ帰ろう、ということになった。

井伏鱒二も七日目に、箱根山が吹き飛んで小田原とか平塚は壊滅、東海道線はなくなったが、立川から先の中央線が動き出す。という話を自警団員から聞いて、七日に徒歩で立川に向かった。塩尻経由で名古屋まで行き、そこから郷里である広島に向かおうと考えたのである。


このとき山頭火と井伏は高田馬場で偶然会い、会話を交わしている。

というのは私が今、考案したデマだが、まあそんな感じだった。で、それからその集まっていた人のうちの一人が、知り合いの家に荷物を取りに行きたい、と言い出した。

しかし巷には暴徒が溢れているから一人で行ったらあむないちゃん？

とそんな話になったのだろうか、山頭火ともう一人がついて行くことになった。

布団が足らんから借りにいこ、ということだったという話もある。

そうしたところ。その知り合いというのが社会主義者でその家は警察に見張られていた。

そんなこととはつゆ知らぬ暢気な三人が家に入ろうとしたところ、

「ちょっといいかな」

など声を掛けられ、三人は拘引され、豚箱にぶち込まれた。

大変な状況の中、まともな調べがあったのか、なかったのか。しかしまあ割とすぐに疑いが晴れ、釈放されたようだが、山頭火からすれば、マジでどえらい目であったであろう。

山頭火の東京生活はこんな風に、大災害によって終わった。しかし帰るところはと言うと熊本しかない。山頭火は生まれ育った山口を素通りして熊本に帰った。

それは這うようにして逃げ帰ったというものであった。

さあ、それで、自分勝手に東京に行って、なにひとつ成し遂げず、手土産すら持たず、半泣きで逃げ帰ってきた元・夫を妻はどのような態度で迎えただろうか。

「たいへんでしたねぇ。おかえりなさい」

と笑顔で言っただろうか。

言うかあ、ド阿呆。

と誰もが思うし、実際その通りだった。

文学の根底にあるもの

大正十二年九月、東京で大地震に見舞われた山頭火は這々の体で別れた妻・サキノの住む熊本に逃げ帰った。懐には一文の銭も無く、他に行くところがなかったからである。

このとき山頭火はどんな気持ちであっただろうか。そりゃあ、ばつが悪いだろう。っていうのはそらそうだ、せんど生活の苦労をさせ、挙げ句の果てに、「俺は東京で一旗揚げる」とええ年をして寝言みたいなことを言って勝手に居なくなり、その間、正式に離婚した妻のところに戻っていくのだからキマリが悪いに決まっている。

だから、一〇〇万円くらい預けてある預金通帳か何かをポーンと放り出し、「東京で稼ぎ貯めた銭だ」とそっぽを向いて言うとか、それが無理なら、せめて都腰巻、それも無理なら子供に土で拵えた鳩笛かなにかを買って帰って、それでようやっと顔を上げることができる、てなものであるが、山頭火の場合はそんなことすらできなかった。

しかし山頭火は、とは言うものの、何だ彼だ言ってサキノは彼を受け入れてくれる、と考えていたのではないだろうか。

その根拠は、というと、一言で言えば非常時であったからである。

正味の話が東京はどえらいことになっていた。そこいらに死体が転がり、井伏鱒二が、「頭がふらふらになった。」と書いているくらいである。しかも山頭火はその間、余震に怯え、暴動の噂に怯え、また、主義者と思われて憲兵隊本部に連れて行かれ、そこから刑務所に送られるという辛い体験をした。

これによりそもそも病んでいた山頭火のメンタルはさらにズタズタになったことであろう。

また、運賃が無料なのをいいことに、殆ど銭を持たずする、その道中も過酷だっただろう。仮にも夫だった自分がこんなムチャクチャな目に遭ったのだから、サキノだって文句はあるにせよ、少しは同情するだろう。

山頭火がそう思うのは身勝手でもなんでもなく、ごく自然な人間の感情であった。

ところがここにひとつの誤算があったのは、サキノにもごく自然な人間の感情があったということで、サキノはサキノでこの間、どえらい目に遭った、という思いがあっただろう。

というのも当たり前の話で、裕福な地主のつもりで嫁いだら夫は、ちょっとなに言ってるか訣らず、「家庭は沙漠。邪推と不安と寂寥とがあるばかりだ！」とか言ってお茶屋に行き、席料を支払って酒を飲み、そのうち一家は没落、夜逃げ同然に縁もゆかりも無い土地に行かされたと思ったら、東京へ出奔、女の細腕で細かい商いをして子供を養っていかなければならなかったのだから、その苦労は一通りや二通りでなかっただろう。

「どの面、提げて帰ってきやがったんじゃ、奴阿呆っ」

とは言わなかっただろうが、まあ、それに近いことは言ったに違いない。

結局、山頭火は家に上げて貰うこともできずサキノに追い返され、サア困ッタ、どうしよう。となったところで、芸が身を助ける不仕合わせ、こうなって頼るのはずっとそうであったようにやはり句友。

というのは、ヒモ生活をしていたバンドマンが、ついに愛想を尽かした女の家を叩き出され、当面はバンドメンバーの家に泊めて貰うのに似ている、と言ったらバンドマンと一緒にすな、と怒られるだろうか。

まあそれはともかくとして山頭火はフラフラになって友だちの所へ行ったのだが、まさに不幸中の幸いで、実はこのとき、山頭火にとっては頼りになりまくる友だち、茂森唯士がたまたま熊本におったのである。

どういうことかというと、震災に先立つこと二日前の八月三十日、茂森唯士は結婚式を挙げるため郷里・熊本に戻っていたのである。

「また、俺かいっ」

と茂森唯士は言っただろうか。或いは思っただろうか。いやさ、そんなことは思わない。なぜなら山頭火はその日、寝るところも無く、此の後、行乞の旅に出てた後なら、それなりの覚悟もあるから寺かなにかの縁の下とかに転がって野宿したかも知れぬが、この時はそこまで根性が座ってないから、その選択肢はない。

また茂森唯士は（多分）ええ人であったので、他ならぬ山頭火のためならばそれくらいのことは喜んでした（のだろう）。

山頭火は市内の一室を借りて静養した。

それからどうしていたのか、というといろんな人の世話になって暮らしていたのだろうし、その筆頭はサキノであるに違いない。なぜなら、親しい関係というものは理屈で割り切ることができず、腹が立つ気持ちとまあしゃあないかという気持ちが常に同居してどっちがどっちか訣らなくなっているのが実情だからである。

ということでおそらくこの間に山頭火は家に戻ってしまったのではないかと思われる。

これが不正直な人間ならば、実は自分は東京でかなりいいところまで行っていた。ところが地震ですべてがムチャクチャになった。なにもかも地震のせいだ。地震のせいで自分の人生は台無しになった。という嘘を妻に語り、語っているうちにいつの間にか自分もそれを信じるようになるのかもしれない。

というのは極端だが人間にはそういうところが多かれ少なかれ誰にでもある。ところが山頭火はそういう嘘がまったくつけなかった。

そこでなにをしたかというと自分の心の働きを直視して、それがどういう風に動いたかを正確に把握しようとした。

このときもおそらくはそうだっただろう。で、どんなことがわかったかというと、自分がこれまで信じていた思想とそれに基づく行動が、地震で壊滅した最先端の都市が崩壊し、人体が燃え、破壊され、人心が荒廃する様を見て、きわめて表面的なものであったということを知った。

それをアホみたいな感じで言うと山頭火が信奉してきた、家よりも個人が優先されるべきだ、という近代的な考えは、右のような不安の前では無力で、いざというとき、頼りになる、といった実際的なものではなく本能的に、すがりつきたくなる、のは地縁であり血縁であり、いつとも知れぬ昔から連綿とつづく一筋の道であること、を身を以て知った、ということである。

結婚の行事と手続きを終えた茂森唯士が東京に帰ってからその思いはいっそう深まっていったのではないだろうか。

つまり文学などというものは根底があってこその表面的な遊戯であって、地に足がついた者でないとgame に参加できぬのだ。

しかし自分はその根底を自ら破壊してしまった。これは自分のせいではないが母は自殺し、父も悲惨な最期だったし、弟は首つり、それらを見届けた祖母は絶望のうちに死んだ。失敗した。家の存続にもう少し力を尽くせば結果は違っていたかも知れない。

とそんな思いもあった。しかーし。

人間というのはそうなかなか考えを変えられるものではなく、「とは言うものの」という考えが常に頭をもたげこころのなかでふたつの考えが鬩《せめ》ぎ合う。

これがすなわち、解くすべもない惑ひ、の正体なのである。

そしてついに大正十三年末のあの事件が起こる。

もうひとりの救世主

大正十三年末のあの事件とは何か。

どういうことかというと。その日、山頭火は酒を飲んだ。何故酒を飲んだのかというと。

自分という空間に耐えられなくなったからであろう。

俺の存在を頭から打ち消してくれ
俺の存在を頭から否定してくれ

そんな気持ちを抱いて、一杯飲む。そうすると、ふわっ、とした気持ちになって自分という厄介物が酔いに融けていくような心持ちになって陶然とする。

ええのお。やっかいぶつがとける。おっ、やっかいぶつが。厄介仏画。おおおおおっ。

これおもろいなー。盃に厄介仏画描きにけり。おおおっ。ぜんぜんダメじゃわいのー。

といった随想が頭の中を流れる。

そうするとそれを加速するために更に酒を飲む。

自分がグズグズに崩壊してくる。崩壊にはさっきまでなかった不快感がある。なぜなら本来、存在は崩壊に抗ってあるからである。

そのつらい感じを麻痺させるためにもっと酒を飲む。

崩壊と溶解が更に進み、ドロドロになる。といって自分が完全になくなったわけではなく、ドロドロの中に意志だけがのたうっている。

けれども意志は自分が形を保っているからこそ、意味や方向を保持できるのであり、それがゲル化している状態では、意味も目的もなく、わななくことしかできない。

かくして酔っ払いが完成する。

これをご本尊は、

「まず、ほろほろ、それからふらふら、そしてぐでぐで、ごろごろ、ぼろぼろ、どろどろ」

と言うちょるのである。

そんなことでその日も、というのは、大正十三年十二月、山頭火は、ごろごろ、ぼろぼろ、どろどろ、の域に達していた。

「なんぼ田舎者でも、今日日トルストイくらい知ってますよねえ。僕とトルストイの話しましょうよ。おまえら、トルストイって、トルス・トイだと思うのか。トル・ストイ、と思うのか。はっきりしろよ。どっちだよ。言えよ、どっちなんだよ」

など言い、眼を据わらせて管を巻き、みなに恐れられ、ひとり店を出たのだろうか。もうだいぶんと足元が覚束ない。

けれども右にも言うように、泥の中で意志はのたうっている。その様はかつて間寛平が演じた、目的と方向を完全に失いつつも、杖でそこいらを滅多打ちにしながら進む超老人に酷似していたかも知れない。

そのいつまでも杖であたりを叩いて止まらぬその超老人は周囲に、「あなたは止まることができないのか」と問われて答える。

「儂《わし》ゃ、止まったら死ぬんじゃ」

おそらく山頭火ののたうつ意志も同じような心境であったのではないだろうか。のたうつことをやめたら死ぬ。しかしもはや疲れ切って止まりそうだ。

そこで、のたうつために意志に酒を振り注ぐ。もう一杯。さらにもう一杯。

と続けるうちにもはや肉体の液状化はさらに進んで、もはや混濁した吐瀉物のようになって悪臭、腐敗臭を放っている。それを誤魔化すためにとまた飲むと悪臭がいや増して、意志と感情と感覚がぐしゃぐしゃになって、それはそのうちただただ増大し続ける苦痛となって耐えがたい。

そこで意志は最後に意志する。

もうのたうつのはやめよう。止まろう。

ということはどういうことか。そう、「儂ゃ、止まると死ぬんじゃ」という意志が止まるのだから、それは死ぬことである。

さてしかーし。山中に行く体力は最早残っていない。瓦斯もない。となると、おおそうじゃ、やはり鉄道で御座りましょう。

ということになる。幸いにして、ということはないけれども熊本には大正十三年八月から市電が開通していて、これに轢かれたら確実に死ぬる。

ええがな。と思ったか、あるいはもっと衝動的だったのかはわからないが、山頭火、熊本市公会堂の前、というのは「雅楽多」の直ぐ近く、ちょうどやってきてカーブに差し掛かった電車の前に、仁王立ちに立ったか、或いは、軌道に寝転んだか、とにかく走ってくる電車の前に飛び出したのである。

曲がった先に立ちはだかるおっさんの姿を認めた運転士は驚いた。

考える前に身体が動いて、警笛を鳴らしながら瞬間的にかける急制動。

軌道と車輪が擦れ合う甲高い音と警笛に通行人は何事ならんと驚き惑う。

運転士は、もうだめだ、ぶつかると思い、思わず、ナンマンダブツ、と唱える。

次の瞬間。

どーん。

と市電の車輛が山頭火にぶつかって、哀れ、山頭火の五体は裂け、あたりにバラバラになった手足と血しぶきが舞った。

と本来であればなるところ、おそらくは神仏の佑けによって車体は山頭火の鼻先で止まって、山頭火は生きた。

死んだら話は終わる。少なくとも当人にとってはそこで終わる。後は野となれ山となれ、其の後になにが起こっても此の世のことに責任を取る必要はない。なぜなら本人が此の世に居ないから。

ところが山頭火は生き残った。なので其の後も此の世のことに関係し続けなければならない。

で、もう少しのところで死ななかった山頭火の一身にまず降りかかってきた此の世のことはなにかというと、そう、当たり前の話であるが、乗員并《なら》びに乗客の憤激であった。

というのは当たり前の話で、運転士は危うく人をひき殺すところであったし、不意の急制動によってバランスを失しよろけたり転倒するなどした乗客は恐れと惑いを感じ、なかには怪我をした人もあったかもしれず、怒るに決まっている。

「なんや、なんや、どなしたんや」

「人が飛び出しよったらしいど」

「なんでや」

「ムチャクチャ酔うとるわ」

「おちょくっとんな」

「なめとんな」

「どつき回せ」

「ぶち殺せ」

そんな話になって怒りに燃えた民衆が車外に飛び出してくる。運転士も運転席から降りて来る。

「おまえ、なに考えとんじゃ、どつきまわすぞ、こら」

「しばきあげんど、こらあ」

口々に罵り騒ぐ民衆もしかし、やくざとかそんな人ではなく普通の市民だから、山頭火が土下座して謝るなどしたら、或いは、「今度から気ぃつけろよ、カス」と罵られ、少々、小突かれるくらいで済んだかもしれない。

ところが酔った山頭火はそんな簡単な男ではない。

「じゃかましゃ、あほんだら。文句あんねやったらロシア語で言え、ぼけっ。ツルーゲーネフとやってみい、カスっ。俺は死ぬ覚悟はとうにできとるんじゃ。なめとったらあかんど、貧乏人が。俺は地主じゃ」

なんてことは間違いなく言ってないと思うが、しかし酒癖の悪い山頭火のことだから、なんらかの啖呵を切ったことは間違いないと思われる。

これによって火に油を注がれた民衆はますます猛り狂い、不穏な雲行きとなった、そのときである。

ここに救いの神が現れた。

と多くの本に書いてある。その人物の名前は伝わっていて、なんでも木庭市蔵という人らしい。

多くの山頭火伝説によると、この木庭という人が憤激する群衆の中から忽然と現れ窮地の山頭火を救ったという。


いきなり現れた木庭市蔵は、山頭火を一喝した。

「貴様っ。なにをやっとるかっ」

その気迫はもの凄く、憤激する民衆は気圧《けお》されて一瞬黙った。その一瞬の虚を衝いて、木庭は、山頭火の腕を摑むと、

「貴様、ちょっと来いっ」

と言って山頭火を何処かへ連れ去った。

群衆は呆気にとられ、これを見守るばかりで、やがて二人の姿が見えなくなると、乗客は車内に戻り、野次馬も解散して、市電はノロノロと走り始めた。

一方その頃、木庭はそこから二一町も離れた報恩《ほうおん》寺という禅寺まで山頭火を引っ張っていった。

「貴様、ここで少し頭を冷やせっ。和尚、頼ンましたぜ」

と木庭は報恩寺の住職・義庵に山頭火を託し、寺を去った。

残された山頭火を義庵和尚は、温かい態度とという訳ではない、かといって冷たいわけでもない、ごく自然な態度で受け入れ、山頭火は数日を報恩寺で過ごし、やがて和尚の導きによって山頭火は仏弟子となったのであーる！

と云う訳である。しかし、この話には不自然に思えるところがある。列挙すると、
疑問一、なぜ木庭市蔵が一喝したら憤激していた群衆が一瞬でおとなしくなったのか。
疑問二、なぜ態度が悪かった山頭火が唯々諾々と連行されたのか。もしかして知り合い？っていうかそもそも木庭ってたれ？
疑問三、泥酔して足元も覚束ぬおっさんを二キロも離れたところまで引っ張っていけるか？タクとか呼んだの？つか、この時代、熊本にタクあったの？

などである。それがわかれば、

松はみな枝垂れて南無観世音

ってところまでもうちょっとである。松がみんな枝垂れている。枝垂れているのは成長して葉先が重くなっているから。植木はほうっておくと繁茂してどうしようもなくなる。ことに松は定期的に専門家が手入れしないとどえらいことになる。

その様はまるで煩悩の重さに耐えかねて苦しむ人間のようだ。でも、見ようによっては観世音菩薩に帰依し奉っているようにも見える。いやさ、煩悩の重力はそのまま帰依のよろこびなんちゃんけ？　そう思うと枝垂れて見苦しい松の姿も崇高に見える。

さあ、それで三つの疑問について考えるのであるが、前後の経緯を改めて記すと、大正十三年末未詳の或る日。

・山頭火、市内で泥酔
・自殺しようとして走ってくる市電の前に飛び出し市電急停車

・憤激した乗客・群衆にボコボコにされかかったところを木庭という人物に救われ
・木庭により報恩寺に連れて行かれ望月義庵和尚の導きにより出家得度した
ということである。

さあ、その上で実際の話、どんなことだったのだろうか。

疑問二について考えられるは、木庭と山頭火が知り合いで、かつ木庭は山頭火にとって頭が上がらない人物であった、ということで、

「おお、種田やないかい。こんなとこでなにさらしとんね」

「ああ、木庭さん。面目ない」

「いつまで阿呆なことやっとんね、しっかりせんかいっ」

「すんまへん」

みたいなやり取りがあったとすれば、謎は解ける。

疑問三については、明治の終わり頃にはもうタクシーはあったらしいから大正十三年に熊本にタクシーがあってもおかしくないように思う。なのでタクシーを呼んで、それに山頭火を押し込んで寺に向かったとしたら話の筋は通る。

けれども率直に言って、どっちもちょっと弱いなあ、とは思う。山頭火と知り合いだった可能性はそれはあるが、深く酔った山頭火は前後の見境がなくなっているはずで、実際

の話、乱酔して尊敬し、大切に思う友人知人に大迷惑をかけるようなことを何度もしている。

一目見ただけで、「あ、すんません」と恐れ入ったと思いがたい。また、タクシーについても、うーん、まあ、そりゃそうかもしれないが、そんなパッと乗れるぐらい台数在ったのかなあ、と思うし、「とりあえずタクで」みたいに木庭や山頭火が思いついたかなあ、思いつけへんのちゃうかなあ、とも思う。

そしてそれよりなにより、一番訣らないのが、疑問一で、憤激した群衆がなぜ木庭の姿を見た途端、矛を収めてすべてを木庭に預けたのか、ということで、

「ああ、木庭が来たんじゃ怒ったってしょうがない」

「なにしろ木庭だからな」

「ほんとだよ、みんな、それぞれの日常に戻っていこうぜ」

「ああ、戻ろう、日常へ」

「戻りましょ」

「そうしよう。木庭にすべてを委ねて」


と口々に言ひ乍ら群衆その場から立ち去る。音楽ひときわ大きくなって。

なんて、そんなアホが作った演劇みたいなことになったのだろうか。一般常識に照らし合わせて考えるとなかなかそうは思えない。だったらどういうことだったのか。私の考えを述べたい。

私は、木庭は観音の化身であったのではないか、と考える。

そう考えると一、二、三、すべての疑問が氷解するのである。

つまり、群衆が納得したのは木庭が観音の化身であったからだし、山頭火が素直に言うことを聞いたのも観音であったからである。

もちろん二キロ離れた報恩寺まで酔った山頭火を連れて行けたのは観音力を使ったからに他ならない。

多くの人はこの私の言を暴論と思うだろう。しかしこの後、山頭火は味取《みとり》観音堂の堂守となる。これもまた観音の導きと考えればなるほどと頷ける。

松はみな枝垂れて南無観世音

この句に山頭火がこめた思いにそれが現れているように私には思われる。

と言うと此の世に観音の化身など居てたまるものか。と言う人があるだろう。そしてその方はまた、木庭市蔵というのは実在の人物であって観音ではないし、観音の化身でもない。とも仰る。ふざけるのもいい加減にしろ、と言って殴りかかってくるのかも知れない。かまやしない。俺は暴力には屈しない。

そもそも山頭火は仏門に入った人だ。はっきり言って僧だ。わたしゃ無学で専門的な知識は無いが、仏教の中に観音という概念は間違いなくあるだろう。

少なくとも、「観音なんているか。バーカ」とは思ってないはずである。

観音が居る、と信じる人に、「此の世に観音は居ない」或いは、「此の世に観音はない」と言うなら、ないことを証明しなければならないが、おそらくそれはできない。なぜならそう言う人はなにが観音なのかが訣っていないからだ。

観音を信じる人もそれは訣らない。けれどもそれが霊妙不可思議な力で人を救う、ということは訣っている。山頭火はその霊妙不可思議に救いを求めた。だから仏弟子となったのである。

その山頭火の前に観音が現れた、ということは否定できない。

木庭が実在の人物なのは私だってわかっている。木庭は観音ではない。観音は瞬間的に木庭の姿形になり、その場に現れたのである。だから化身なのだ。そして其の後も観音様は木庭の姿を取り続けたのではなくして、一瞬、木庭の形を取り、それからまた此の世に遍在する般若波羅蜜的な感じに戻った。

そしてそれを見た人はみなそれを自分たちと全じ人と見ながら、なぜか納得してしまい、なぜ自分が納得したかを深く考えぬまま、それぞれの日常に戻っていった。ただ山頭火だけが泥酔の最中、それを観音と直感していたのである。

そして観音は観音力を用いて、すべての人から観音の部分だけを消去した。

翌日の新聞に、「市内に観音現る！」という記事が出なかったのはこのような理由による。

あくまでも私見に過ぎないが私はこのように考える。

大正十三年十二月、こういうことで、山頭火は機縁を得たのであった。

山頭火はこのことに深い安らぎを得たのではないだろうか。

自分のなかに自分があって、それによって自分が苦しむ。

これこそが、解くすべもない惑い、の正躰であり、これを宥めるために飲む酒が限界に達したとき、山頭火は観音に救われた。

だからこれを偶然と言い換えることも或いは出来る、すなわち偶然は観音である、と自分なんかは実感している。なぜなら馬鹿だから。

自分のこれまでの人生を振り返ると山頭火ほど求道的ではないが、馬鹿には違いなく、そのせいで人のせぬ事、人の進まぬ道を殊更選んで歩んで、谷底に転落しそうになったり、餓狼や毒蛇に出くわしたり、雪中で行き場を失う、なんてことは幾度となくあり、よく命があったものだとつくづく思う。

しかしその都度永らえたのは別に自分が努力したからでもなく特別の才能があったからでもなく、偶然に知り合った人が救うてくれる、ということがあったからである。それは本当に偶然で、なにも自分から、「救うてくだされ」と広告を出したわけではない。偶然に向こうから姿を現して救うてくださった。しかし私は馬鹿だからあまり感謝しないで、そのまま忘れ、同じ失敗を繰り返して現在にいたっている。

って俺はなんの話をしているのか。そんなことはどうでもよく、つまりなにが言ひたいかというと、山頭火は観音（偶然）に救われて報恩寺に行き、そのまま報恩寺に滞在して坊さんの真似事のようなことをしていた。

おそらく山頭火には、これをしていれば、自分を苦しめる自分のなかの自分がなくなって楽になるに違いないという実感があったのであろう。酒も飲まずに火の気のないところで勤行し、ひびあかぎれを拵えて雑巾掛けとかもしてついに大正十四年二月、マジの出家をして耕畝《こうほ》という出家名を授けられたのである。

山頭火、というのは山頭火が自分で付けた俳号で、実はある法則に基づいた名前で、師匠筋の井泉水、なんて云うのもそれに基づいた雅号らしいが、しかし当人が、「文字の音と義が気に入った」ということで恣《ほしいまま》に付けた名前だけあって、勢いがあって派手な名前である。

それに比べて耕畝はどうかというと、もちろん深い禅的な意味があるのだろうけれども、素人から見ると、

「畝を耕す、って当たり前やんけッ」

と言いたくなるような、はっきり言ってなんのおもろ味もない名前である。山頭火の言語感覚からすれば、

「師匠、もっとおもろい名前にしてくだはい」

と言いたくなるところ、しかしそんなことを言う、受け狙いの自分を滅するために修行の道に入ったことがわかっているから勿論、言わない。

ありがたく忝《かたじけな》くこれを受け、堂守として味取観音堂に赴いたのである。

堂守のマージン

大正十四年二月、前年の終わりより、報恩寺で坊さんの真似事をしていた山頭火は、いよいよマジの出家をして耕畝という名を貰った。名前を貰っただけでなく、入る寺も世話をして貰った。といって立派なお寺の住職に納まったわけではなく、味取観音堂という小さなお堂の堂守になったのである。

味取観音堂は報恩寺の末寺で、その名の通り味取というところにあった。

肥後の片田舎なる味取観音堂守となつたが、それはまことに山林独住の、しづかといへばしづかな、さびしいと思へばさびしい生活であつた。

というのは『鉢の子』という後（昭和七年）に刊行した第一句集の一番最初の句の前書きである。そしてその一番最初の句が、

松はみな枝垂れて南無観世音

なのである。って書いて俺は説明が下手だとつくづく思う。もっとすっきり書けないものかと思う。と思い、書き直すことは文章ならできる。

でも人生はどうであらう。俺はいま下手を打ったなと思ったところでやり直すことはできない。ただ心のなかに悔恨だけが積み重なり、それが発酵して、未来にあるはずの希望を蝕み、絶望に変える。

だから飲むのさ。お酒を飲むさ。だから打つのさ。スロットを打つのさ。てなことがまた下手を打っていることなのだけれども、〳〵わかっちゃいるけどやめられねえ、というのが男の人生なのである。

しかし。山頭火はそれをリセットした。多くの人はそれができない。なぜならリセットボタンを押すということはそれまでの自分を全否定することであるからである。人間には根底に自分を愛おしむ気持ちが埋め込まれている。人間には、といったがそれは猫も同じである。雉や鯉も同じである。それがあるから野生動物は人間を見て逃げる。つまり生存

本能である。

ゲームをやっていてかなり進んだときリセットボタンが押せないのは、それに費やした自分の時間、自分の生存が愛おしいからである。

これを無慈悲に猫が踏んでリセットされたときは名状しがたい気持ちになる。

俺はなにを言っているのか？

そう、人生をリセットするということは死に等しい、ということを言っているのである。だから自らの手でそれができない。しかし下手を打たない人間はおらず、動物は下手を打つ＝死なので爽快だが、そうとも限らない中途半端な生の苦しみ・生そのものから発生する毒を緩和・中和するのが酒などのドラッグ、そしてギャンブルやスポーツなど多くの娯楽や暇潰しなのである。

多くはそれに気がつかないから寿命と苦しみの折り合い、妥協ポイントを見出して、なんとなく生きていくことができるのだけれども、そのことに気がついてしまった山頭火は観音の力を借りてではあるが、自ら人生をリセットしたのであーる。

ぐわあああっ。すごいやんかあああっ。

〜よーかったねー、

よーかったよー。
よーかったねー、
よーかったよー。

と皆が歌い、観音が笑い、甘露の雨が降り、ふと周りを見渡すと極彩色の世界には蓮の花が咲き乱れ、死ぬほど気持ちがいい環境音楽がうっすら流れる、なにもかもが Love でなにもかもが Peace な世界、になっていったらいいなあ、と自分なんか思う。

なぜならそうするとこの話を終わらせることができるからである。

しかし話は続く。

山頭火は此の約一年後、「解くすべもない惑ひを背負うて」堂を捨て、行乞流転の旅に出る。ということはどういうことか。

観音の力を以てしても解決できぬほどのなにかが山頭火のなかにあったのか。

或いは、そうではなく、観音は、そういう世界に到るざっくりした道順は教えるけど、行くのは自分で歩いていってね。観音、おぶってかないからね。ということなのか。

いやさ、観音そのものが、ただの山頭火の思い込み・仏典の曲解に過ぎず、虚妄・幻影の類であったのか。

ま、ま、いずれにしろそれは人の心のなかの話なので、証拠を示して、絶対に佉《こ》うである、とは言えぬ問題である。

なので、その山頭火が味取観音堂におった大正十四年三月から大正十五年四月までの間、なにをしておったか、ということを見て、へてから、その「解くすべもない惑ひ」の正体について続けて考えることにいたしたい。


で、どんな感じだったかというと、味取というところは熊本の市中からバスで三十分ほど行ったところにあったらしい。地図で見ると、熊本から三号線という道があって、それを北に行くと植木というところがある。昔から植木とかが多いところなのだろうか。わからない。その辺に植木天満宮という社があって、昔、乃木さんはこの辺で軍旗を取られた、とネットの記事にあった。

そこからさらに北へ行くと左側に小高い山があった、その山の中に味取観音堂がある。国道沿いに登り口があって石段を登っていくと小さいけれども、まあまあいい感じの堂があり、ここで山頭火は堂守として暮らしていたらしい。

さあそれで俺には堂守というのがわからない。わからないけれども、まあ、はっきり言って堂を守るのだろう。といっても別に敵が攻めてくるわけではなく、本尊を守る。そのためにはどうすればよいかというとまあひとつには経を誦す。それから鐘を撞く。そんなことではないのかな。と推察する。そしてその鐘の音なのだが、それが、ゴーン、と鳴る鐘なのか、カーン、と鳴る鐘なのか、という興味がある。はっきりしたことは私にはわからないが、ゴーンと鳴る鐘であって欲しいな、という気持ちは確かにある。

それは私がゴーンの方が好きだからというのもあるが、そういう自分の好き嫌いだけではなくて、もしかしたら近所の人もその方が時間がわかって都合がよかったのではないかと思うからである。

そして近所の人というのはこの場合、俗に云う、檀家、というやつである。つまりどういうことかというと、いくら守ったところで本尊は米や野菜、銭を呉れるわけではない。呉れるのは魂の平安である。

ところが情けないことに人間は魂は満たされたからといって腹が減らなくなるということはない。なんぼう魂が満たされても腹だけは確実に減ってくるのである。

そこの問題をどう解決するかというと、そこはうまくしたもので、その檀家の人達が、布施、という形でこれを供出してくれる。

なんでそんなことをしてくれるかというと、そこに耕畝（山頭火）がいて、日々、鐘を撞き、神佛を祈ることによって、自分らの魂が救済されると考えていたからである。

彼らにしてみればそれは本来、自ら為すべき事であった。しかし日々の生活の中には随分と俗なこともあるし、ときには殺生もしなければならないし、そもそも忙しい。だからできない。それを代わって耕畝がしてくれる。布施はその礼であった。

この経済システムをわかりやすく描くと次のようになる。

a観音←（祈り）―耕畝←（布施）―檀家
b観音―（救い）→耕畝―（救い）→檀家

つまり、檀家の布施という原材料を加工業者の耕畝が祈りに変換して観音に納入、観音は代価として救いを耕畝に支払い、耕畝は原材料を提供した檀家に救いを代価として渡す。

〽よーかったねー、よーかったよー。
よーかったねー、よーかったよー。

となるという寸法なのである。このとき耕畝にメリットがあるかというと、まずaの際は、右にも言ったとおり、日々の活計を立てることができる、というメリットがある。ただし右に原材料と書いたが、厳密に言うと祈りの原材料は実は布施（米・野菜・銭）ではない。

ではなにかというと人間の存在と時間経過である。人間が存在し老いて死ぬ。そこに自ずと祈りが生まれてくるのである。

しかし、存在を祈りに変換するためには一定の思索とテクニックが必要になってくる。これを工場に例えれば工作機械である。つまり米や銭はその機械を動かすための電気代燃料代の類なのである。

でもこれは別に存在を祈りに変換せずとも必要である。祈りを生産しないときでも機械は動いていて燃料や電気を消費する。祈りを作ろうと作るまいと機械は燃料が必要なのである。

言い換えれば山頭火であろうと耕畝であろうと米や銭は必要である。しかし祈りをすればこれを檀家さんが支払ってくれた。

これが耕畝・山頭火のメリットであった。

そしてbについてもメリットがあった。というのは観音が与える救いは数量が無限で、人間の取引であれば、支払われた代価の一部を中間の業者が抜き取れば、その分、原材料を納入した人に払うお金は減る。けれどもそれは観音の救いで、数量という概念を超越しているから、いくら取っても減らない。

つまり山頭火・耕畝は観音に製品を納めるaの段階、観音の代価を檀家に支払うbの段階、どちらからもマージンを得ていたのである。

それでみんなに喜ばれる。ありがたがられる。

こんな結構な商売が他にあるだろうか。おそらくないだろう。だからこれですべては解決してうまくいくはずであった。ところが一見、完璧に見えるこのシステムにはａについてもｂについてもいくつかの不備があった。

その不備とはなにか。

「尊敬してきよんねん」

まずaについて申しあげると、耕畝↑（布施）―檀家、という時点で既に不備があった。それはなにかと言うと、その布施の数量であった。

味取観音堂の檀家は五十一軒。そしてそれらはおそらく地道な人達で、「耕畝はん、使ってないクルーザーあるんでよかったら使うてくだはい」とか「灘の酒蔵から薦被り一丁、仕入れました。ここへ置いとくんで好きなだけ飲んでくだはい」とか「家にカネがありすぎて、かさばって邪魔なんで、すんませんけどここに一億ほど捨てさしてもろてよろしい？　オッケーですか。ああ、よかった。これがホンマの喜捨ですね」なんてムチャクチャな金持ちはおらなかっただろう。

故、その布施は山頭火が祈りを生産するための燃料として常に不足していた。

じゃあどうするか。

もちろん「もっと出せ」とは言えないから、托鉢に出ることになる。そうすると、まあそこそこの銭や米は貰えただろうが、しかしその分、精神的にも肉体的にも疲れるから燃費が悪くなり、なかなか祈りの生産量が上がってこない。

その結果、耕畝──（祈り）→観音、のところにも不備が生じる。

つまり質、量ともに充実した祈りが作れないのである。といってまあ、この場合、相手が観音様で数量というのはあまり関係がない。

というのは神佛というのは数を超越しているからで、大量の祈りを届けた者に大量の救いがもたらされるわけではなく、また、少ししか祈りを渡していないのに救いを受け取ることができるものもいる。

これをわかりやすく言うと、「富者の万灯より貧者の一灯」と言うのである。

つまり質が大事で、徳の高い僧＝高い技術を持つ加工業者、例えば空海とか法然とかそんなような人なら、良質の祈りを算出することができる。

しかるに耕畝はどうかというと、やはり成りたての僧侶で、そんなに技術力に優れているわけではないし、それよりなによりついこの間まで、自分を持て余し、苦悩を抱えて酒を飲んで暴れていたような人間なので、その祈りは、粗悪、とまでは言わないが、やはりそんな良質のものではなく、あくまでもこれから研鑽を積んで、よい祈りを作っていこう、という発展途上のものであったと思われる。

ということは当然bの工程にも問題が生じるということで、祈りの、量はともかく質がそんなだから受け取る救いもそれなりのものになる。

つまり、観音から受け取る救いから山頭火（耕畝）が工賃を引いて檀家に渡すわけだけれども、その山頭火の救いを引くともう後にはなにも残らず、檀家に渡す救いはない、或いは調子の悪いときは、山頭火の救いすらもなく、苦悩して、「あー、酒飲みたい」とか、「首の白いおねぇさんとアホなことをして遊びたい」とか「俳句仲間に褒められたい」みたいな気持ち、すなわち、捨てたはずの煩悩の炎に身を焦がす、なんてことになってしまう。

これがこのシステムの不備であった。

そしてこれがphysicalなものを生産する工場であったなら、納入先の観音側からは、

「不良品が多すぎて受け取れない」

と突き返され、エンドユーザーである檀家からは、

「金返せ」

と言われ乱発した手形が決済できず倒産、ということになるところ、そうではないのでなんとかなってしまうというか、それところか、醇朴な檀家の人達からは、

「耕畝様がいてくださるお蔭で自分たちの魂は平安です」
と言って感謝し、尊敬してくる。尊敬してくる、っていうのも妙な言い方だが、しかし耕畝からしたら案外そんな感じだったのかも知れない。

友人「で、堂守はどう？　実際のとこ」
耕畝「いやー、しんどいわ」
友人「あ、やっぱ、勤行とかしんどい？」
耕畝「いや、それはマアマアやねんけどね、檀家さんがね、尊敬してきよんねん」
友人「尊敬してきよるってどんなんや。でもまあ考えたらきついか」
耕畝「そらそや。こっちはおまえ、尊敬されるようなことなんもしてへん。しゃあのに、尊敬されるってけっこうきつい」
友人「そんなときどうしてんの」
耕畝「向こうの夢、壊すも悪いから、一応、それらしい感じにしてるけど、それが一番しんどい」
友人「そらそやな、結果、騙してんねんもんな」
耕畝「そやねん」
友人「いっそ、アホなとこ見てもうたらどやねん」

耕畝「ときどきやってんねんけどな、あかんねん。それでも尊敬してきよんねん」
友人「きついな」
耕畝「ほんまほんま」

みたいな感じで。

しかしまあ、こんなこと言うと怒られるかも知れないが、世の中には、自分が祈りを生産できず、したがって救いも受け取れないことを百も承知で醇朴な人達から多額のお布施を受け取り、粗悪なグッズをリターンとして渡して現世で報われている（広義の）宗教家は少なくない。

というか、観音と取引がなく、観音のメアドやラインすら知らないくせに、観音と太いパイプがある、的なことを広言して、それを商売にしている人もけっこういるので、そういう人に比べれば耕畝・山頭火は「白分は救いをもたらしていないのではないか」と悩む分だけ、誠実であったと言える。

ということで様々な不備がありながら山頭火の堂守としての日々は始まった。

ということはその日々は、不備を補い、改善していく日々であったに違いない。ではその改善はどんな風であったのか。

まずはaの過程のうち、耕畝↑（布施）—檀家についての改善。これは右にも言ったように近在近郊に托鉢に出ることによって、改善した。

つまり家々を回って喜捨を乞うたり、道に立って手に持った鉄鉢に米や銭を入れて貰うのである。

と言うと乞食とどこが違うの？　という話になるが、実はこれは乞食とは大いに異なる。どこが一番違うかというと、根底に宗教的動機があるかないか、で、それがあれば行《ぎょう》、なければ単なる物乞いとなる。と言うと、「そんなん口でなんとでも言へるやんけ」と言いたくなるが、それが具体的に訣るのは修行の場合、所有権に対して否定的なので、その日の稼ぎはその日のうちに費消してしまわなければならない。

なので例えば一日に、まあ五千円くらいあれば牛丼を食べてカプセルホテルに泊まることができるところ、ひょっと二万円くらい儲かってしまったとする。

普通であれば、このうち、最低でも一万円くらいは後日の為に残しておく。或いはなにかに投資してこれを二倍、三倍に増やす、ということを考える。しかしそれをしてしまった時点でもう　ただの乞食なのである。

だから行乞の場合はそれをしないで全部使う。それでも余ったら捨てる。くらいのことをしなければならないのである。

だから今日においてキャバクラなどで豪遊している僧がいたとしても、それはその日に儲かった銭をその日のうちに費消しようとして嫌々そうしているだけかもしれないので、あながちこれを破戒僧とも言い切れぬのである。

というわけで修行の場合は貯金禁止、乞食の場合はオッケー、という区別がある。山頭火はもちろん修行としての托鉢をした。だけども、「行乞記」（大正十五年四月、「解くすべもない惑ひ」を背負って行乞流転の旅に出て以降の日記）などを読むと足らないことが多く、余ることは少なかったようである。

しかしまあ、そういうことでなんとか耕畝↑（布施）―檀家の部分については托鉢で凌いだということのようである。

そして次に、耕畝―（救い）↓檀家、の部分についても若干の改善が為されたようで、『山頭火　漂泊の生涯』によると山頭火は、近所の人たちに読み書きを教えたり、手紙の代筆をするなどしたらしい。

それは集落の人の心を照らす灯火であったに違いない。しかし人々がそれを受け入れたのは山頭火が観音と太いパイプで繋がっていると信じたからである。

それが証拠に、「子供が病気だから祈禱してくれ」と頼まれることもしばしばあったらしい。

外つ国なればイエスキリストがそういうことをした。悪霊に取り憑かれて邪悪なことを口走る人にイエスが触れると治った。足萎えが立ち上がって歩いた。死人が生き返った。我が朝なれば弘法さんが雨を降らしたり、人を馬に変えるなどした。

まあもちろんそこまでのことを耕畝に求めたわけではないだろうが、しかし祈禱によって熱が下がるとかそういうことを期待された。

もちろん山頭火は、

「いや、自分、実はそういうことできないんで」

と言って断っただろう。けれども人々はこれを尊崇しているから、できないのではなく別の高尚なことで忙しくて断っているに違いない、と思うから、

「そこをひとつ、なんとかお願いします」

と懇請する。もしかしたら時には土下座とかもしたかもしれない。そういう、信じてしまっている人に対して正直に、

「いや、実は自分、観音とパイプ無いんよ。連絡先とかいっさい知らないんよ。DMもでけへんのよ」

と言ったところで、

「また、またー」

と言われるばかりである。そんなとき山頭火は『山頭火 漂泊の生涯』によると、やむなく「観音経など読んでその場をなんとかごまかした」らしい。

ということで、耕畝―（救い）→檀家、についてはそのような弥縫策《びほうさく》をとっていた。

これは改善とはいえない。

しかし、そのような弥縫策すら難しい部分が実はあった。それは、山頭火が出家遁世したそもそもの目的である、b観音―（救い）→耕畝の部分であった。

惑ひの正体

このように一見、完璧に見えた味取観音堂のビジネスモデルには不備があった。そこで、托鉢や寺子屋的なものの開設などでその不備を補おうとした山頭火であったが、なかなか改善できない部門があった。それが、b観音―(救い)↓耕畝、の部分である。

つまり、観音から齎《もたら》される救いが極度少なく、耕畝―(救い)↓檀家、ができず、それどころか、観音―(救い)↓耕畝、すらできないので、なんとかしてこれを増やそうとするのだけれども、これは普通に考えたら実はどうやったってできない。

なぜならと、救いを齎すのは観音であって、自分が主体的に増やしたり減らしたりすることができないからである。

となると交渉して、その量を増やしてもらわなければならないが、その交渉のパイプがない。だからできない。というか仮にパイプがあったとしても、観音が何語で喋っているかわからないし、そもそも人間の言葉が通じるのかどうなのか。まあでも、知れん（計り知れず）偉いことは間違いないし、凡夫を救う、と言うてはるのだから救うてくれるだろう、と勝手に思って、

「観音はん、すんまへんけど、もうちょっと救い増やしとくなはれ」

と言い、仮に、

「あー、ごめんね。ちょっと少なかったね。っていうか、なかったね。来月から増やすから。それまで頑張ってね」

という返答を得たとしても、多くの場合、それは率直に言って根を詰めて祈りすぎた結果、頭がアジャパーになって、見えてしまった幻覚に過ぎない。

というとじゃあ、そこを改善する方法はないのかというと実はある。

どういうことかというと、山頭火が結縁した報恩寺は禅寺、私は以前、車を運転しているとき、たまたまつけていたcarラジオから流れてきた「市民仏教講座第六回」的な番組を三十分ほど聴いたため、仏教には非常に詳しいのだが、禅の場合、そういう主体的客体的とかいったことではなく、人間の中には本来、仏が埋め込まれていて、修行を重ねることによって、その仏に出会うというか、なるというか、そういう感じになることができて、そうなるとどうなるかというと、自分というものがもうなくなってしまって、宇宙と一体化したような、宇宙そのものであるというか、自分がもう、時空の一端に連なって、時空

そのものというか、もうはっきり言って書いていてなにを言っているのかわからないような、もう書くとかがないような、自分もない、俳句もない、ないない尽くしで、でもすべてが在る、みたいな状態、つまりもう簡単に言ってしまえば悟った状態になる。

そうなるとどうなるかというと、自分がないわけだから苦しみもない。なぜなら苦しみを感じる自分などというしょうむないものがなくなるからである。

さてところで山頭火や村人は救いを求めていたわけだが、なぜ救いを求めるかというと、苦しみがあるからである。その苦しみがなくなれば救いも必要がなくなるから、結果的に需要が満たされたことになる（需要がゼロになるので供給がゼロで均衡する）。

よかったじゃん。やったじゃん。じゃあ、それをやろうよ、ということなのであるが、じゃあ、それをどうやってやるのか、ということになるのだが、それは右に既に言ってある、「修行を重ねることによって」達成される。

じゃあ、それは具体的にどういうことをするの。経を読むとかそういうことすんの。つうと、これも三十分間みっちり禅を学んで知ったのだが、禅の場合、ままま、そういうこともするのだろうが、それとは別に座禅とか呼吸法とか、そういう身体的な技法が用意されていて、そういう身体のアプローチによってもそうして世界と一体化して自分がなくなるような境地を目指す。

というのが私が三十分という年月をかけて学習した禅なのだが、間違っていたらごめんなさい。しかしまあ方向性としてはそういうことで、それをすることよって山頭火は、b観音—（救い）→耕畝—（救い）→檀家、の不備を改善することができたのある。

できた、というのは、しかし、した、ということではない。あくまでもそうした方法、途があった、ということで、もちろん経典とかを三十分以上読み、酒屋時分から、「儂は禅坊主になるから嫁はもらわぬ」など言っていた山頭火のことだから、そうした方途があることはわかっていたはずである。

で、それをやったのかどうなのか。

それはわからない。わからないけれども、やったにせよ、やらなかったにせよ、成功はしなかったように思われる。なぜならもし成功していたら大正十五年四月、「解くすべもない惑ひを背負うて」行乞流転の旅に出る必要はなかったからである。

ということで、山頭火の日々は、

檀家＋托鉢—銭・米→耕畝—代筆・祈禱→檀家

というサイクルで回るようになった。

ほんだらそれでええやんけ。と思う。しかしそれではなんの意味もないのは、救いがないからで、救いがないのであれば出家した意味がない。

山頭火は再び、俗世間に居たときと同じように苦しむことになった、というか、苦しみはより増した。

なぜかというと前だったらしんどいときは大酒を飲んで憂さ晴らしをすることができた。人に議論を吹きかけたり、妻に八つ当たりしたり、その気になれば遊郭に行くこともできた。しかし、出家の身でそんなことはできない。

酒も飲めず、旅行もできず、外食もできない。観劇もスポーツ観戦もNG。家でYouTube見とってくだはい。と言われたら民衆は鬱屈する。鬱屈して不満を溜め、家庭内暴力が増えたり、もっと悪くなると暴動が起こるなどする。

それがほんの数ヶ月でもそうなるのである。

しかし出家した場合、それが一生続く。「やってられるかあ、あほんだら」と思うのが当たり前である。

けれども人間の根本が真面目な山頭火はこれに耐えた。

しかしそれには限界があった。

なかでももっとも耐えがたかったのはなになのかというと、やはり「暇」であったと思われる。

特に山頭火の場合、一箇所にじっとしていられない、という「宿痾」がある。なにもせず一箇所に凝としていると、得体の知れぬネガティヴなものが身体のうちに満ちて、脳から苦しくなってくる。不安と恐怖が耐えがたい。

酒を飲むと麻痺して少しマシになるのだけれどもそれができない。そういうときは読経にも読書にも句作にも身が入らない。

アパート住まいをしていると夜、ときおりどこからか突然、「あああああああっ」という叫び声が聞こえてくることがある。それはそうして山林独居に耐えられなくなった者の、どうにも我慢できなくなって発してしまった叫びである。

そしてふと気がつくと、それを発しているのは自分であった！的なことである。


それを解消するために山頭火はどうしたか。できることはひとつしかない。一所に凝としないこと。則ち、外に出掛ける。といっても出家の耕畝に許される外出は托鉢のみで、山頭火はかなり遠く、大分・佐伯や福岡・大牟田にまで出るようになったのである。

しかしそれは実際的な話でもあっただろう。というのはこうした稼ぎにとって歩き回る範囲というのは重要で、例えば門前でコントやって稼ぐとする。

近所だけを回っていたとしたら、

「おまはん。昨日も来たな。そのネタ昨日も見たがな。二日続けて同じネタ見せられても笑われへん」

と言われ、一銭も貰えない。

けれどもこれが北米大陸を回っていたとしたら、一生に一度しか行かないような所もあるし、なかにはコントなんて見たことも聞いたこともない、という田舎もあり、いかにも古色蒼然、黴が生えたようなネタをしても涙を流して笑い、

「Fantastic!」

とまで言って五十銭、下手したら一円くらい貰えるのである。

コントと修行を一緒にして申し訳ないが、理屈はどうしてもそういうことになってしまう。

だから遠くまで行って托鉢をするのは問題の解決・改善に繋がるのだけども、しかし、それはあくまでも、「檀家＋托鉢―銭・米↓耕畝―代筆・祈禱↓檀家」という部分での改善に過ぎず、そもそもの、観音に対して回路が開かないため、苦しみがなくならない、という部分に対する効果は殆ど期待できない。

もちろん、「暇」の苦しみから逃れることはできる。また、そのついでに句友の許を訪ねるということもしたから、むしろ楽しみがあった。

けれども楽しみや名聞を求める心があるから苦しみがある。楽しみがあるから楽しくないときが苦しい。つまり苦しみを楽しみで紛らすことは問題の根本解決ではなく、逆にそれがないときの苦しみを増す。

と云うことは。あまりにも過酷なことだが、外を歩いて暇から逃れるのは酒を飲んで暴

れるのと同じ、ということになってしまう。

つまり出家しようがなにをしようが耐えがたいことは同じように耐えがたく茲に在り、だから山頭火はこれに耐えられなかった。


これこそが、「解くすべもない惑ひ」の正体であった。

これを根底から解決するためにはどうすればよいか。方法はひとつしかない。それは山頭火の母が、そして弟が実行し、山頭火もこれまで何度か試みた方法、則ち、死、である。

けれども山頭火はこれに失敗した。

そして大正十五年四月七日。小豆島の南郷庵《みなんごあん》*6で尾崎放哉が死んだ。同じく問題の根本解決の為には死しかないと知る尾崎放哉は四十一歳で病によりその生涯を静かに閉じたのである。

山頭火も或いは、味取観音堂に静かに座せばこのようにして問題を解決できたかも知れなかった。けれども山頭火はそれをしなかった。というか、できなかった。ならば。

歩き続けるより他ない。

『層雲』に放哉の句を見た山頭火は放哉に心酔していた。放哉を南郷庵に入れたのは荻原井泉水、その井泉水は行乞流転する山頭火に、放哉なき跡の南郷庵に山頭火を住せしめたい、と思い、その旨、山頭火に問い合わせた。それに対して山頭火は以下のような書を送った。

私はたゞ歩いてをります、歩く、たゞ歩く、歩く事が一切を解決してくれるやうな気がします……先生の恩情に対しては何とも御礼の申上やうがありません、ただありがたう存じます、然し、悲しいかな私にはまだ落付いて生きるだけの修業が出来てをりません……放哉居士の往生はいたましいと同時に、うらやましいではありませんか、行乞しながらも居士を思ふて、瞼の熱くなつた事がありました、私などは日暮れて道遠しであります、兎にも角にも私は歩きます、歩けるだけ歩きます、歩いているうちに、落付きましたらば、どこぞ縁のある所で休ませて頂きませう、それまでは野たれ死にをしても、私は一所不住の漂泊をつづけませう。

歩くことは山頭火にとって猶予、死の先延ばしであった。山頭火の背負うた荷物とはそう、理屈で説明ができにくい生への執着、快楽への渇き、であったのである。

或いは山頭火は快楽を最小化すれば、また、歩くうちに、そのうちに「落ち付く」すなわち背負うた荷物を下ろすことができる、と考えたのかも知れない。

しかし疲れることはあっても落ち着くことはなかった。

この文章の初めに、

分け入つても分け入つても青い山

という句を読んだ。そのときはこの句に、「なんぼう分け入っても埒があかぬ」という、途方に暮れている感じをもった。それはそうだろう。だが同時に、そこに行ってみないとそこがどんなことになっているのかわからない、という感じもいまはある。すなわち、遠くに山の連なりがあるということは途の果てしなさであると同時に、希望であったかも知れないということである。この時点では。それが、

まつすぐな道でさみしい

ということになるまでがどんな感じだったのかはまた別に考えたいのだが、兎に角、山頭火の背負うていたものはそういうものであった。

＊6　南郷庵（みなんごあん）　香川県小豆郡土庄町《とのしょうちょう》西光寺《さいこうじ》の奥の院。尾崎放哉が庵主として最後の約八ヶ月を過ごした。

第二部

読み解き山頭火

「分け入つても分け入つても青い山」

追い込まれて行く先

若い頃は酒を飲んで暴れたり、道でヤンキーに殴られたり、人と議論して負けたり、詩を書いたり、映画に出たりと、そりゃあもういろんなことをしていた。ところが年をとって体力も気力もなくなり、自分で言うのもなにだが若い頃は女にも随分とかまわれたが、外見も ugly になったのでそういうこともない。

なにしろ電車に乗っていて若い女がまるで気のあるような目つきでこっちを見てくるので、どういうことだ。と訝りつつ、体調をチェックしていると席を譲られたりする始末。でなにをしているかというと、なにもしていない。家にいて、ただ生存している。生存するために最低限の買い物をし、酒も最近は飲まないのでそれをひとりでもそもそ食し、後の時間はよしなし事を考えるか、寝るかしている。

昔のことは余り思い出さない。よく若くて美しかったときの写真や壮年の頃の華々しい業績をFacebookなどに投稿して、賞賛と共感を乞い求める同年代の年寄りを見るが、「ああはなりたくないものだ」と思う。

そこで、過去の栄光を投稿してる奴はアホだ、という内容の散文か詩を書いてどこかに投稿しようか、なんて考えるがしない。そういうことをする気力がないので。

しかしそれで考えが止まる訳ではなく、頭の中で考えは動き続ける。そこで仕方なくその考えを追っていくと、自分のその不快感のなかに、羨《とも》し、と思う気持ちが混ざっていることに気がつく。どういうことかというと、人の賞賛を求めないのは、なにも頓悟《とんご》したわけではなく、それができないからである。だからできるものであれば自分だってFacebookに投稿して賞賛を得ればよいではないか。

ところがしない。しないで他人の批判をしている。なぜか。それは自分が投稿している人達よりもっと浅ましいからである。

どういうことかというと、いくら若く潑剌としているからといって、無名の市井人がその写真を載せて得られる賞賛などごく僅かである。下手をするとただの一人も賞賛しない、なんてこともあるだろう。しかしそれでも投稿するのはそれによって心に火が灯るからである。僅かな人でも自分に共感して気にかけてくださる。それに満足して感謝の祈りを捧げるというのは浅ましいことでも何でもなく、あべこべに謙虚な姿勢であると言える。

ところがそんな小さな賞賛では満足できないのだ。もっと大きな賞賛がほしいのだ。なぜかというと自己評価が高いから。それが得られないくらいなら最初から投稿しない。しないで冷笑的態度を取ることによって心理的な優越を確保し、自分の名聞名利を求める気持ちを誤魔化している。

名聞名利を求めず隠者となって、人里を離れた山中に庵を結ぶ。或いは諸国を流浪する。そんな暮らしに中学の頃から憧れていた人間がまともな人生を送れる訳がない。西行にだって相当な資産があって、その裏付けによって諸国を廻ることができたということらしいし、鴨長明だって無一物の乞食だった訳ではないだろう。

にもかかわらず、なにかというとすぐに西行や芭蕉の名を持ち出して隠者を気取るのは、名聞名利を得たい気持ちは人一倍あるのに、それを得ようとして失敗したらダサいし、上には上があるし、それだったら、「俺、そういうのダサいと思うんだよね、逆に」というポーズを取っていた方が、いい感じで優越感をキープできる。

「ああはなりたくないものだ」という気持ちの奥底にはそういう気持ち、はっきり言えば煩悩がある。厭離穢土《おんりえど》、というが、その中には、「穢土、大好きっ」みたいな気持ちがきっと含まれている。穢土は気持ちいい。大穢土温泉物語。

といったことを他にすることがないものだからずっと考える。それが老年の暮らしというものだ。考えても考えても、悔いても悔いても、その考えに終わりはない。どこまでも煩悩の山脈が続いている。だからといって考えることをやめることはできない。考えはひとりでに湧いてくる。それを追って歩き続ければ、いつか考えがやむときがくる。それは、そう死ぬる時。死なないと考えを止めること＝足を止めて一箇所に留まることはできぬのだ。

って、なんかアホが書いたポエムみたいになってくる。でもそれは真実だ。

分け入つても分け入つても青い山

というのは山頭火四十三歳、大正十五年四月、山頭火が全国行脚に出発した時の句。ともらった資料に書いてある。俺はそれを引いてここに書いているだけの物知らずのアホだが、書いて全国行脚という感じはちょっと違うかな、と思う。というのは全国行脚、というとなにかこう、襷掛けて張り切って出掛けて、出掛けた先でも歓迎式典みたいなものがある的な、全国ツアー、全国遊説、みたいな雰囲気がするけれど、実際はそんな感じではなかっただろう、と思うからである。

じゃあどんな感じだったかというと、やはりこのもっと追い詰められて旅に出た感じはこれあったと思う。

その心理的な追い詰まりに関しては、前半に書いた。それを端的に言ってしまうと右に言ったような煩悩、もっと具体的に言うと生を貪りたい、快楽を貪りたい、という抑えがたい欲求である。

この前の一年間、山頭火は自分の内の、その欲求を一息に断ち切りたい、と考え、出家して味取観音堂の堂守となった。

世の中の人はそうした欲求を小出しにして、欲求を満たしたり、満たされなかったりして、その都度、問題を先送りにしつつ一生を終えるわけだが、山頭火は、すべてか無か、みたいな感じで、一気にこれをなんとかしようとして、こんな歳になるまで失敗し続けてきたのだ。

普段、ぜんぜん怒らぬ奴というのがいたとする。そいつが怒らぬのをいいことに通りがかりに腹を殴ったり、カネを用立てさせたりしていたところ、それまで平然としていたのが、突然、怒りだし、全員にバールで殴りかかって半殺しにした、なんて話をときおり聞く。やはり人間、なんでも少しずつ発散して居ればよいが、溜まりに溜まったものが爆発すると悲惨の結果を生む。

そもそもが求道的な傾向にあった山頭火の場合はこの傾向は前からあって、それは主に乱酔の果ての狂態として現れていたようだが、特に味取観音堂の堂守、モノホンのお坊さんとなり、素朴な村人の尊崇を集めるようになってからは余計にそれがあったのではないだろうか。

つまりどういうことかというと句友であれば、酒を飲んで暴れても、山頭火さんだからしょうがないよ、みたいな感じがあって許して貰える雰囲気があったけれども、偉いお坊さん、と思われていたら同じことをしても、「えええっ？　あの人、そんなことする人なの？　ショック」となる。

というのを例えて言うと、勝新太郎みたいな人が、インタビューに来た女性アナウンサーの乳首を指で突いても、「ま、勝新だから、しょうがない」となるが、同じことを爽やかなイメージで女性に人気を博す若き男性タレントがやったうえで、それを正当化するような発言を行ったらどうなるかということである。言うまでもなく、批判の嵐に曝されて、その地位を失うだろう。

もちろん、どちらにしてもそのような性暴力が許されるわけはなく、勝新太郎も今を生きておればそんなことはしないだろうが、それまでさんざん世間に対して、爽やかなイメージを振りまいていた人と、「俺は悪い奴だ」と言明してきた者では、世間の糾弾の度合いはそら違いまっしゃろ？という話である。

山頭火は村人の尊崇を受け、それに応えるべく読み書きを教えたり、青年に社会情勢を説くなどしていたらしい。道心堅固なお坊さん、爽やかなイケメンの男性アナ、と思われていたのである。或いは知的でリベラルなコメンテーター。しかしその心の内には勝新が潜んでいて、酒を飲んで人に議論を吹きかけ暴れたり、寝床で脱糞したり、電車を止めたりする。

それも右に言うように小出しにして、爽やかではけっしてないが、どちらかというと脂ぎっているが、でも博学の中年アナ、くらいのところにイメージを誘導すればよいのだけれども、それができず、つい道を突き詰めてしまうのが山頭火で、自分のなかで辻褄が合わないだけなら兎も角、味取観音堂にいる一年の間に暴発して破戒のことがしばしばあったのではないかと思う。

その生のエネルギーの蓄積度合いは俗にいるときよりもえぐかったのである。

その原因を取り除こうと思ったらどうしたらよいか。まあ、一番、簡単なのは自殺することで、山頭火は生涯何度も自殺を試みている。しかしそれはそれで難しい。じゃあどうするかというと、もうそういう煩悩が生まれる原因になるようなものから身を遠ざける。

脂粉の香りを嗅ぐ、美人の顔を見るから性欲が生じる。ならば、女のいるところには近寄らない。飲み屋があるから飲みたくなる。だから飲み屋のあるところには行かない。仲のよい友だちの顔を見ると飲みたくなるから仲のよい友だちに会わない。

それがなによりの煩悩防止策だ。そう思って山頭火は堂守になった。けれども人間が住んでいる以上、酒はあるし女もいて、どうしても煩悩が発動してしまう。ならば。そう、もうまったく人の居らない山中に行き、山林修行をして、頓悟にいたるしかないのではないか。

と山頭火は考えた。けれどもこの考え方がロマンチックな考え方であることはいうまでもない。なぜなら行乞流転と言って、山の中で木や草、鳥や獣に行乞したところで、一文の銭もひとつかみの米も貰えず、そこはどうしても人里に降りて行かざるを得ないからである。しかーし。行乞は確かに修行ではあるが、一般人から見ればやっていることは乞食と変わりない。つまり、観音堂にいるときのように尊敬されるということはない。だから自分も調子に乗って酒を飲んだり、女と戯れたりすることはない。そしてなにより金銭的にも常にぎりぎりなので、羽目を外して飲もうと思ったところで飲めない。それが歯止めになる。それを続けるうち、煩悩は次第に減って、澄んだ状態、理想の状態に自分もなれるかもしれない。

その可能性に山頭火はかけて旅に出たのである。

しかしいきなり行乞流転に踏みきったわけではないらしい。というのは、大正十五年四月十四日、木村緑平宛[*1]の手紙に、

あはたゞしい春、それよりもあはたゞしく私は味取をひきあげました、本山で本式

の修行をするつもりであります。

出発はいづれ五月の末頃になりませう。それまでは熊本近在に居ります、本日から天草を行乞します、そして此末に帰熊、本寺の手伝をします。


とあるからである。この手紙は望月義庵の報恩寺から出されているから山頭火は味取を出て、いったん報恩寺に戻り、一か月ほどは天草近辺を旅行し、それから本山、すなわち永平寺に行って修行する、と言っているのである。

だから、前書きの、「大正十五年四月、解くすべもない惑ひを背負うて、行乞流転の旅に出た」という言葉を読むと、「もう、無理」と言い、いきなり草鞋履いて青い山に、分け入つて、いったみたいな感じがするけど、割と準備段階もあったし、永平寺行きを取りやめにするという予定変更も、この間にあったのである。

で、その木村緑平宛の手紙に書くなど、一時はその気になっていた永平寺行きを取りやめるに当たってはやはりなんらかの思惑違い、思い通りにいかなくなったところがあったのだろう。だから、大正十五年、行乞途上の、荻原井泉水宛の手紙にある、

歩く、たゞ歩く、歩く事が一切を解決してくれるやうな気がします

といった、その受け身な感じには、活路が見えぬまま追い込まれるように流転の旅に出た、その姿勢が見て取れる。

俺は俳句の技術的なことはまったくわからないのだけれども、分け入つても分け入つても青い山、というのにはその追い込まれる感じが現れているように思える。もしこれを、

分け入つても青い山

と言えば、追い込まれる、愚痴っぽい感じがなくなり、さらに、も、をとって、分け入って青い山、と言ってしまえば、もっとすっきりする。

だけどそうすると人は、「それがどないしたんじゃい」と言うだろう。

後年、山頭火はこれを好んで揮毫したという。揮毫ってこれ使い方、合ってるのか。どういうことかというと、やはり最後の方、山頭火は人に知られていたし、往来を歩いていればただの乞食だが、その筋の人の集まるところに行けば歓迎される。もう酒飲みはわかっているから、「も、山頭火さんガンガン飲んでくださいよ」みたいになんぼでも飲ませてくれる。日頃、ケチケチ暮らしている人間からしたらこんな気色のよいことはなく、実は山頭火はこういうときにしばしば暴発して、その後、死ぬほど後悔する、ということを

繰り返していたのである。

こういうのは俺は凄くよくわかる。俺はものぐさで旅行ぎらいなのであまりそういうことはしないのだけれど、何十年もやっていて名前が知られている割に集客力があまりないバンドが、これと同じビジネスモデル、すなわち地方の好事家の支援によって活計を立てているという話をよく聞くからである。

そんなときバンドは最近の意欲作はあまり演奏せず、人口に膾炙した往年の名曲をよく演奏する。なぜならその方が盛り上がるし、盛り上がった方が実入りがいいからである。山頭火をロックバンドと一緒くたにする気はないが、地方に行って人に取り囲まれるという空気感はそれに酷似していたと思われる。そんなとき、

「翁、一筆、たのんます」

と言われて筆を取ればやはり往年の名曲、みんなが好むものを書いただろう。もちろん自分で気に入って納得していなければ捨てて顧みないだろうから、自分でも気に入ることは気に入っていた。やはりこれが一番、受けるから、というのがあったからだと自分なんかは思ふ。

で、なんで受けるかというと、そういうわかりやすい追い込まれ、誰の心にもある、脱却できない部分が、分け入つても分け入つても、っていう調子のよさに乗って人の心に、余白を解釈するという知的な操作なしに入ってくるからではないだろうか。

だからこれは、俺なんかが俳句にしようと思うと、「今日はやめとこ思たのに酒」とか「また来てもおたソープ」みたいなことに直ぐなってしまうのだけれども、それが、言葉としてここまで飛翔するのが俳句の魔力、と言ったら怒られる、功験・功徳なのでございましょう。って、なに当たり前のことぬかしとんねんしばくど。

しばかれてもしばかれても阿呆

＊1 木村緑平（きむら・りょくへい） 医師。明治二十一（一八八八）～昭和四十三（一九六八）年。長崎医専卒。山頭火の経済的、精神的な援助者。山頭火は書き綴った日記を託している。

「まっすぐな道でさみしい」㈠

人間の完成を目指して

小学四年か五年か、それくらいの頃、友だちの家に行くと額が飾ってあって、それに徳川家康の遺訓が書いてあった。他の子供はそんなものには興味を示さず、行軍将棋ゲームをしたり、庭に出て真空飛び膝蹴りやフジヤマタイガーブリーカーをするなどしていた。だけどルルル、ルルルールルルルルル。俺はそんなものに興味を示す偏屈な子供で、そんなだから、その後、親の制止を振り切ってパンクロッカーに成り下がり、士大夫《したいふ》は言うに及ばず、女子供にさえ笑いものにされ、世のあらゆる辛酸を舐め尽くすことになるのだけれども、まあそれも仕方がないからいいとして、兎に角、子供の俺は、他の健全な子供と遊ばず、それを凝と眺めていた。

のだけれども、その割になにが書いてあったかを覚えていない。そんな中、一つだけ覚えているのが、

人の一生は重荷を負うて遠き道を行くがごとし　急ぐべからず

という言葉である。しかしこの教訓はまったく自分の心に染みいらなかった。なぜならその頃は、なんでも速くするのが流行っていて、例えばカップヌードルというのが売り出されたのもその頃だが、それを売る際、もっとも強調されたのは、「たった三分で調理が終わる」という速さであって、その味ではなかった。

或いは、夢の超特急・ひかり号、なんてのはもっと早くに通っていたが、それもどんどん速くなって、「サイコーやんけ」とみんな歓迎していた。小学生と雖もというか、子供は大人の猿真似をすることによって大人になっていくから、周囲の大人がそんな感じだと子供もやはりそうなっていく。だから、この言葉は自分の心には入ってこなかった。

しかし、人の一生は一筋の道、という喩えは印象に残り、小学生ながら、

「人生って道だよね」

と思うようになった。そんなとき、子供の教育にさほど関心がないように思われた先考が、ある日の夜、酒を飲んでいたかと思ったら突然、チラシの裏に、

朝に道を聞かば夕に死すとも可なり

と書いて渡してきた。俺はその意味を先考に問うた。それに先考がなんと答えたかは忘却したが、そのとき俺は、さらに人生とは道であり、生きて死ぬとはその道筋を問うことなのだ、と思うようになった。俺は奇怪な小学生だった。

そんななか中学校にあがって魯迅の小説を習った。それの最後のところに、「最初から道があるのではなく、人が歩くから道になる」みたいなことが書いてあり、「ええこと言うのー」と素直に思った。そして、自分の道は自分で切り拓いていかなければならないと思ったのだが、同時に、親や学校の先生が教える道は既存の道であり、そんな道を歩んでも意味ないのではないか、と思うようになっていた。

そして同じ頃、高村光太郎の「道程」という詩を習ったが、これについてはまったく頭に入らなかった。僕の前に道はない／僕の後ろに道は出來る、と似た感じなのに、なぜこれが頭に入らなかったかというと、同級生が「道程」という題を「童貞」と読み換えてゲラゲラ笑うのに同調したためである。思ふにこのころから頭が残念な感じになりつつあったのだらう。

とは言うもののしかし、人生が一筋の道であるという観念は頭の中に残り続け、それはいまでも残っている。

まつすぐな道でさみしい

というのは昭和二、三年頃、山頭火、四十五、六歳頃の句であるらしときく秋の夕暮れ。この頃、山頭火は山陽道、山陰道、四国九州を彷徨い、行乞流転の旅をつづけていたらしい。らしいというのは、本人がこの頃の日記を焼いてしまっているからで、よくわからないからである。しかしいずれにしても、大正十五年四月に旅に出て、昭和元年はその暮れで終わるから、昭和二年の正月が一回目の正月、三年が二回目の正月、四年だったら三回目の正月ということで、その間、山頭火はずっと道を歩き続けていたというわけである。

扨、自分はここで思うのだが、こういう人間が、道、というとき、普通の人間が、道、という場合とかなり違っているだろうなあ、ということである。

どういう事かというと、普通の人間にとって、道、という言葉は小学生の自分が思ったのと同じように、それぞれに違った意味を持っていて、それを記すと次のようになる。

道a　道路
道b　人生のコース
道c　職能の道

それぞれ説明する。「道路」というはつまり道路、ある場所からある場所に至るための経路、すなわち道である。これを見失った場合、人は、「道に迷った」と言う。

次に「人生のコース」というのは、徳川家康さんが仰っておられた、人の一生で、うまくいった人は「出世街道を歩んだ」と自分の過去を振り返って自足し、駄目だった人は、「道を踏み外した」と後悔するのである。次に職能の道というのは、いろんな仕事の、その職能に習熟する過程とその到達点のことで、具体的に言うと、うどん屋であればうどん道、ズボン屋であればズボン道、芸人であれば芸道、やくざであれば任侠道、詐欺師であれば詐欺道、痴漢であれば痴漢道、殺し屋であれば殺人道と、実にさまざまの、道、がある。これを頑張ってきわめたいと思う場合、「○○道に精進します」なんて言い、にもかかわらず、不祥事などを起こした場合は、その職能の名誉を瀆《けが》したとして偉い人に「○○道に悖《もと》る」とか言われて破門・追放されるのである。

さあ、それで山頭火のような人が、道、と言った場合はどうかというと、「道路」「人生のコース」は普通の人と同じである。ではなにが違うのか。

山頭火は明治四十年から大正四年まで酒造業を営んでおり、また、大正五年から大正八年まで額縁屋を営んでいた。だから、その頃は、「酒造道」「額縁道」を営んでいたということになるのだが、実は山頭火はこれらの道にあまり邁進していなかった。つまり普通の人が「職能の道」に邁進するところ、それをせず、別の道を邁進していた。その道とは、

道d　人間の完成を目指す道＝求道

である。そう、それは俺が小学生の時、先考が俺に教えた道、即ち、生きて死ぬために問うべき道、人生の道である。山頭火は、普通の人が「職能の道」を歩くところ、人間&この世の真率なもの、真理を追求する道、すなわち人間の完成を目指す道を志していたのである。

では山頭火は具体的にどのようにして探究したのか、というと山頭火は文学を通じてそれを探究しようとしていた。

学生時代に自然主義文学に触れ、おそらく郷里に帰ってからもそれらの最新情報を取り寄せていた山頭火はツルゲーネフの小説を抄訳したり、行替えの詩を書いて雑誌に出すなどしていたのである。

それが山頭火の探究の主な方法であった。とはいうものの、マア人間、だいたい社会的な責任を負わないで済む学生時代にはそんなことをするもので、自分なんかが若い頃、知り合いだった学生はみなそういう感じの難解な宗教やら哲学やら文学やらを読んで、深夜まで、「いかに生きるべきか」なんてことを語り合っていた。

しかしそれは右にも書くように、無責任の学生であるからそうした面倒くさい議論ができるのであって、学校を了え、社会に出て職能の人になれば、日々の活計に追われ、また種々の責任も之生じるため、そんな「人間の完成を目指す道」などという一文の銭にもならぬ、どころか歩むのに通行税（本代など）がかかる道を歩んではいられなくなり、引き返して道c「職能の道」及び道b「人生のコース」を着実な足取りで歩み始めるのである。

という意味では世の中で文学者と呼ばれ、あるいは芸術家と呼ばれて、探究道を歩んでいるように見える人でも、殆どの人が道c「職能の道」を歩み、道b「人生のコース」において上り坂を登り、幸福で安楽な一生を送れるように努力しているのである。

しかしそれらの人の職能は世間の人に道d「人間の完成を目指す道」を歩んでいると誤解されることによって成立しているので、その人たちの職能は、探究しているように見せかける演劇、である。その演劇を眞たらしめるために外国の本を取り寄せて読むなどして学び、普通の人が知らない知識情報を取り寄せたり、それこそなんだったら文字通りの演劇、いかにも探究している、みたいな顔で、いかにも探究しているみたいなポオズをとって写真を撮らせるなどして、探究している風を装う。それが彼らの「職能」の本質である。

これは山頭火が味取観音堂で堂守をしていたときの構造に似ているだろう。

素朴な村人は耕畝を徳の高いお坊さま、と捉えてこれを尊崇、米や銭や酒を奉仕し、敬虔な態度で耕畝様に接し、時には祈禱なども乞う。

けれどもつい先頃、出家したばかりの耕畝・山頭火は自分が信仰心の篤い村人に尊敬されるような高僧でないことは分かっている。

そこででも山頭火が「職能の道」を歩む人であれば、それが分かっていても徳の高い振り名僧智識の振りをし、効き目がないと重々知りながら祈禱の演劇をして、村人に感謝され謝礼をゲットしてうまい酒を飲んだだろう。或いは遊里に出掛けたかも知れない。

しかし山頭火は道d「人間の完成を目指す道」を歩む人であった。

故、それができなかった。故、最終的には乞食になった。


その山頭火が、もっとも力を入れ、ただひとつの生きた証しとしたものは俳句で、明治四十四年頃には句会に出入りするようになり、大正二年には荻原井泉水の『層雲』に初入選した。

そしてそれは「職能の道」を歩みながらたまにいつもの道ではない野山に行って景色を眺めて明日への活力を涵養すると云う類のもの、すなわちお金持ちのお旦那のお趣味お道楽ではなく、本格の俳句修業であった。

というと誤解が生じる。なんでかというと、本格の俳句修業の目標は玄人＝プロ＝それで食っていくことを目指すものであり、そうなるためには自分の道をどこまでも探究していくのではなく、門人を集めて一派一流をなし、素人に君臨してなんちゅうかわからんけど束脩《そくしゅう》的なものを頂戴しなければならない。

そうするとそこには自ずと人間関係が生じ、政治が生じ、自分の修業は余りできなくなり、どちらかというと「職能の道」としての「俳句道」を歩むことになってしまう。あたりまえの話だが、それは本格の修業ではあるが、本当の修業ではない。

もちろん山頭火が目指したのは本当の修業である。

だから俳句を職能とすることはできなかったし、だがその一方で、後、一部に名を知られるようになり行く先々で厚遇されるようになってからの山頭火はしばしば「人間の完成を目指す道」を逸れて愚行も演じた。

そしてまた山頭火が投句していた『層雲』がこれまたそういうところであった。

というのは以下はみな詳しい人に風呂屋で聞いてきた話なのだけれども、俳句というのはそもそも昔は俳諧と云って、みなでアホみたいに集まって、その場で長句と短句を即興で連ねながら、百韻とか歌仙とか云って、紙に書いて笑いまくっていたらしい。百韻というのは百人のインポが集まる、ということではなく、百句が連なるタイプのこと、また歌仙というのは、その俳諧のライブがあまりに盛り上がりすぎて死者が出るなどしたため、会場側に「おまえらには貸せん」と言われたことから、貸せん→歌仙となった。ということはまったくなくて、三十六句が連なるタイプのことであるらしい。

その俳諧の最初の一句を発句《ほっく》というのだけれども、その後を連ねないで発句だけ拵えてもおもろいがな、ということになって、これを俳句と云うようになった。それを考えたのは正岡子規という人で、その頃はもう明治で、「なんでも西洋並にせなあかんで」ということになっていたので、「俳句もやっぱりそういうちまちました芸事みたいなことではなく、西洋のポエット並にしやなあかんと」ということになったが、文字数が少なすぎて人間の内面や精神暗黒とかそういうものは表現できない。そこでそれはノベルですることにして、西洋人の画家に習ったsketchということをこれに導入し、また本人が草花が好きだったので草花やなんかを凝視してそれを描くとかいろんなことをやって芸術性を高めた。

ほいでその弟子の高浜虚子という人がこれをわかりやすい方式にして示したので、そもそもが定型詩であり、また季語というそれを入れたら、そこそこの味になるという味の素か五香粉みたいなスパイスもあるということも相俟って、「その方式を守っていれば割と誰でも芸術性の高い俳句がでけますで」ということになり、多くの人がその高浜虚子が主宰する雑誌に投句して盛り上がった。

けれどもそれは右にも言うようにそもそもが、「人間の内面や精神暗黒というものは別のとこでやってくださいや」という前提のもので、もしそういうものをやりたいならノベルを書かなければならない。実際の話、正岡子規も高浜虚子もノベルを書こうとしたり書いたりしている。だけれども、誰でも彼でもノベルを書けるわけではないし、「俺はこの俳句の形で人間の内面や精神暗黒を表現したい。俺は俺の個性を出したい。毎日肉うどん食べたい」という人もいる。

　それの中心となったのが河東碧梧桐という人で、この人やこの人の弟子がいろんな理屈を拵えて、俳句で表現できることの範囲を広げ、かつまたこれの方式論を確立しようとした。これらの俳句は「新傾向俳句」と呼ばれた。「其の儘やないかいっ」と突っ込む人は殆ど居らなかった。みな真面目に生きていたのである。

『層雲』の主宰者、荻原井泉水はその高弟で、その感じをさらに推し進め、

「新傾向ではぬるい。新傾向は肉体だけや。もっと魂、入れんとあかん」

「魂ってなんですか」

「それはなあ、光や。ほんで力や。俳句にはなあ、光と力がないとあかんねん」

　と言ひ、そして、

「俺らは季題をほかさんとあかん。季題なんか要らんねん。季題がほかせて初めて俺らはほんまの成長を遂げんねん」

　と言ひ、しまいには、

「俳句、ちゅうのはな。ただの詩ぃとちゃうねん。ただの芸術とちゃうねん。生きる道やねん。ええ句ぅを作ることはええ生き方する云うことやねん。俳句はな、生きる道やねん。真実の生、やねん」

　と言ひて、定型すらやめて自由律に傾いていったらしいのである。

ということで、荻原井泉水の門流は真実の道を求めて宗教的な雰囲気が強かったというのである。

そもそも人間として求道的な傾向にあった山頭火は『層雲』に参加してますますその傾向を強め、道d「人間の完成を目指す道＝求道」を邁進するようになったのである。

ということで風呂屋で聞いて来た話が長くなってしまったので今回はここでやめる。それに明治大正俳句史は、

曲がりくねつた道でむつかしい

「まつすぐな道でさみしい」㈡
なにがさほどにさみしいのか

扨、そんなことで、山頭火は俳句を通じて、道d則ち人間の完成目指す道を歩み始めた。だから、昭和二年か三年、山頭火四十五、六歳の折に詠まれたのではないかとされる、

まつすぐな道でさみしい

という句の道という語には、道a則ち実際の道路を見て詠んだ句ではありながら、道dの意味も含んでいることは容易に推察できる。

と言ってしかし世の中には疑り深い人が居り、

「イヤー、そんなことがどうして断言できるのでしょうかネー。道b、道c、である可能性はゼロなんでしょうかネー」

と卑しみ笑いを浮かべて語尾カタカナで聞いてくるので、それについても一応考えてみよう。

ただし俳句なんてものは文字数が少ないから、曲解しようと思えばいくらでも曲解できるのだが、曲解が只の曲解に終わるか共感に辿り着くかが良い句としょうむない句の分かれ目で、俺が言うことを曲解と非難するのはお門違いということは事前に申しあげておく。

そのうえで先ずは道bについて考えてみよう。道ｂ、則ち人生のコースである。人生のコースというのはまあつまり進学就職結婚出産子育て住宅購入老後の生活、みたいなことで、うまく行く場合とうまく行かない場合があるが、山頭火はこれが真っ直ぐで「さみしい」と言っているのであろうか、というと勿論、否である。

なぜかというと金持ちの家に生まれた、明治の最高学府に学んだ、というところまでは或いは母の自殺などありながらも一応、真っ直ぐな道、と言えなくもないが、その後の、神経衰弱や家産の減少などによる中途退学、破産、離婚などは、到底、真っ直ぐな道とは言えないからである。因って道bについては違う。関係ない。

次は道cについて考えてみよう。

道c、則ち職能の道である。山頭火の俗世での職能というのは、「酒造道」であり、「額縁道」であり、「図書館員道」であるが、これらはいずれもうまく行かず、真っ直ぐどころか途中で行き止まりになってそれ以上進めなかった。

それでしょうがないから世を捨て家を捨てて出家、「行乞道」と「俳句道」に踏み込んだわけだが、それの本質は先に申しあげたように、人間の完成を目指す道dであり、それを職能と捉えてcの道を歩むことは山頭火にはできなかった。故、ここで云う、「まっすぐな道」は道cでもない。

ならば。やはり俺が最初に考えたように、この道は道aまたは道dと捉えるよりほかない。


さあ、それで、真っ直ぐな道のなにがさほどに、さみしい、のかについて考えることにして、まず道aについて考えてみると、これがさみしいのはその状況を思い浮かべればなんとなく理解できる。

つまり曲がった道なれば遠くまでを見通すことができない。故、人間は期待することができる。あの角を曲がったところに、百万円の札束がポソッと落ちているかも知れないorえげつない美人が立っており、「よかったらメシ行きませんか？　ほんでその後、ラブホ行きません？」と誘ってくるかも知れない、なんてことを夢想することができる。バカな話だがそんなことを考えて先に希望を持つことで人間は生きている。

しかれどもズウッと先まで見通せる真っ直ぐな道ならどうか。そこにはあるものがあるだけで、ないものはないということが、そこに至る前に予めわかってしまう。そして人が夢想して希望を抱くのは右に見るように「ないもの」である。

或る人がシャツをクリーニングに出したくて出したくて仕方なかったとする。

「ああっ、私はシャツをクリーニングに出したい」

と思いながら道を歩いている。それが曲がった道なら、「あるかも」と思いながら歩くことができる。「ないかも。いや、あるかも」と思うこともできる。「あるかも。いや、ないかも」と思うことも。

けれども真っ直ぐな道ならそれが予めわかってしまう。そして山頭火の歩いた道におそらくクリーニング屋はなかった。これが曲がった道なら、「クリーニング出せるかも」と思えたのに、儂は思えないからさみしいのんた。と云うことである。

まあそれもあるのかも知れない。

では次に道dの場合を考えると、どういう風に考えればよいのか。

それは普通に考えれば人間の完成を目指す道が真っ直ぐでさみしい、ということになる。で、人間の完成を目指す道が真っ直ぐとはどう云うことかというと、もう全然、迷う余地のない一本道である、ということであろう。

と言うと、「じゃあ、いいじゃん」と多くの人が思う。「それのなにがいけないの？」と多くの人が問う。と言うのはそらそうだ、道が曲がりくねっていりゃこそ人は惑い、そして迷う。正しい道を歩むことができない。だが、真っ直ぐだと迷うことなく目的地に辿り着くことができ、とても工合がいい。

にもかかわらずなぜそれがさみしいのか。はっきり言おうか？　言おう。

おもしろくないからである。

どういうことかと言うと、人間の完成を目指す場合、そこには人間の完成を目指さない道に多くある、人間の完成を邪魔するものがまったくない。

だから真っ直ぐに人間の完成に向かうことができるのだが、では、人間の完成を目指さない道に多くある、人間の完成を邪魔するもの、とはなにか、というと、それは酒を飲んでいい気持ちになることであったり、女に囲まれてチヤホヤされることであったり、人に奉仕させて自分は楽をすることであり、バカスカ金を儲けて笑いまくることであったり、その金を遣って淫楽に耽ることであり、つまり一言で言ってしまえば、人間の欲、である。

道dにはそうしたものが一切ない。ただ真っ直ぐの道が死に向かって続いているだけである。

そして人間の完成を目指す山頭火は自らその道を選んだ。

なぜならそうしないと自分は欲に負けてしまうと思ったからである。

そしてその道は道b及び道cとはけっして交わらぬ道で、つまり一切を放擲《ほうてき》した乞食の道でもある。

人は乞食を見たらどう思うか。おそらく以下の二つであろう。

一　可哀想、気の毒だ。

二　駄目な奴だ。

そう思われても、また言われてもなんとも思わない。それが人間の完成である。それは俺のようなレベルの低い人間でもわかる。人にバカにしられて腹が立つのは自分のなかに人を見くだす心があるからである。その心を捨ててしまえばどれほど人にバカにされても腹が立たない。

けれども、

捨てきれない荷物のおもさまへうしろ

と山頭火も言うように、わかっていてもそれを捨てることはナカナカできない。行乞の旅において山頭火も腹が立つことが多く、同情も嘲笑も同じように堪え難かったのではないだろうか。それは、「俺が乞食になったのは目的があってのことで、なんとなくなったのではない。なめとったらしばくぞ」的な自尊心である。山頭火は以下のように書いている。

恩は着なければならないが、恩に着せてはならない、恩に着せられてはやりきれない。親しまれるのはうれしいが、憐まれてはみじめだ。与へる人のよろこびは与へられる人のさびしさとなる、

昭和六年一月三日の日記より

というのはその通りだと思うが、本当のことを言うと、そのさみしく思ったり惨めに思ったりする自分を捨てない限りわざわざ乞食になった甲斐がなく、道を求める半端な乞食が道を得て人間の完成に辿り着いた時には真の乞食となって、それで右のように思われ、また言われてなんとも思わない、という境地に達していなければならないのである。しかるに。

ホイトウとよばれる村のしぐれかな

なんて句を詠んでいる。行乞の辛さが身に染みているのがわかる。頭ではその道を歩くしかないことをわかっている。しかしその道は快楽が一切なくておもしろ味がないばかり

でなく、それどころか、苦しみに満ちた道でもあった。

それがどこまでも真っ直ぐに続いている。やれんよ。

そうした気持ちは、さみしい、というにはあまりにも急迫した気持ちである。だから本来であれば、まっすぐな道でくるしい、と詠むべきであろう。

ところが山頭火は、くるしい、と、詠まずに、さみしい、と詠んだ。なぜか。

そんなものは山頭火に聞かないとわからないが、俺が邪推するに、その真っ直ぐな道は確かに、真っ直ぐ、一筋に、どこまでも、さみしく、続いており、しかも通るものが殆どないから、道連れもなく、一人でトボトボと歩いて行くより他なかった。ところが、その道にはところどころに高速道路のサービスエリアとかパーキングエリアみたいなものがあって、そこに入るとけっこう楽しく、なにもない、さみしい道を歩く、無聊・寂寥から逃れることができるのである。

けれどもそこに入るとやはり真っ直ぐな道に戻るのが嫌になってしまう。だからなるべく入らないようにはしているのだけれども、本当に苦しくなると入ってしまう。これを逆に言うと、真っ直ぐな道ゆえの苦しみはぎりぎりのところで回避されるということで、故、感情は、さみしい、で留まる。

そのサービスエリアとはなにか、と言うと、無一物で流浪する山頭火の人格を認め、或いは尊敬する句友である。しかしそこで慰撫されていたら、行乞流転の本来の目的が果たされない、というより、なくなってしまい、それだったら句友たちと同じく、道b、道cを歩んで、そこそこの人生を歩めば良かった、ということになってしまう。けれども今更そんなことはできず、サービスエリアに入り、調子に乗って楽しく過ごした後、反省して後悔している様子が日記や随筆にうかがえる。それは、

省みて、私は搾取者ぢやないか、否、奪掠者ぢやないか、と恥ぢる、かういふ生活、かういふ生活に溺れてゆく私を呪ふ。……

昭和五年十一月二十四日の日記より

なんてな工合である。これを見て、「ははは、バーカ」と言へる人は幸福であろうが、そんな奴を俺は呪ふ。なぜならそんな気持ちが自分のなかにあることを俺は嫌という程感じているからである。だからこそ、自分は道bや道cを歩みながらも、道dを歩む人が、

まつすぐな道でさみしい

と呻くのを見て無限の共感を覚えるのである。

「どうしようもないわたしが歩いてゐる」㈠

かなりしんどくなって

平成の初め頃、乞食になろうと思ったことがある。その頃、俺は稼ぐ能がなく、女が働いて俺は日中ブラブラしていた。当然、諍いになって、嫌になった俺は家を出た。

その少し前から俺は乞食になることを考えていた。その頃、俺は山頭火のことをなにも知らなかったが、やはり真実一路、本当に生きるためには、本当を生きるためには乞食になるしかないのではないか、と思い詰めていたのである。

けれどもそれが単なる怠け、労働忌避の言い訳であることは直に明らかになった。

その頃、東京の西郊に住んでいた俺は取りあえず街道を東に向かって歩いた。歩く以外にすることはなかった。そして懐には一文の銭もなかった。けれども歩いたとてなにがどうなる訳でもない。だったら止まれば良いのだけれども、止まったらもっとどうにもならない。

しかしこの場合、どうにかなるということはいったいどういうことなのか。それは大金を拾うとか、昔、助けた人に会う、とかそんな現実にはあり得ないことが起こるということに他ならず、だったら止まっても歩いても同じこと、ならば歩くのは疲れるだけ損、ということになる。

それでも俺はふたつの理由で止まることができなかった。

ひとつは、なにか非常にこの、焦るような、とにかく現状のままだと自分は大変なことになる。なにか行動をしなければ、という切迫した気持ちが自分のなかにあった、ということで、つまり、居ても立ってもいられない、という精神状態になっていたということである。

そしてもうひとつは物理的な理由で、街道に凝としていられるような場所がなかった、ということで、街道沿いには店舗や人家が建ち並び、凝としようにもそこは誰かの軒先であり店先であった。

そんなところに凝と立つ。或いは座るなどしていたら忽ちにして人が出て来て、

「もし、人の家の軒先でなにしてなはんね。あっち行きになはれ、しっしっ」

とまるで野良犬を追うように追われるに決まっており、俺は人にそんな風に扱われるのが嫌だった。

そんなことで俺は意味なく歩き続けた。そのとき頭のなかに、

このように流浪するわけは、
このように歩き続けるわけは、

という句がずっと浮かんで流れていた。だけど、その先はちっとも思い浮かばなかった。

どうしようもないわたしが歩いてゐる、という句は昭和五年、『層雲』二月一日に出た号に載ったちゅうことである。ちゅうことは雑誌に載るまでには時間差があるから、実際にこの句を詠んだのは、俺は詳しいことはわからんのやが昭和四年の終わり頃から昭和五年の一月の間くらいナノやろうか。

その頃、山頭火がどんな感じであったかというと、相も変わりません、歩き回っている。どのあたりを歩いているかという言ふと、と言うか、大正十五年四月、味取観音堂を出てからこれまでどんな感じで歩いていたか。

『山頭火全句集』の年譜をそのまま写すと、どこをどう歩いたか其の年の八月、柳川市の木村緑平を訪れ、また、徳山の久保白船[*2]を訪ね、次に十月には防府市役所に現れ、改名を申請している。親が付けた正一という名を仏が付けた耕畝に変えたのである。

これも山頭火の決意かけじめの表れだと思うが、もし自分がそうなったら、「国より仏の方が豪いから届は不要」なんてテキトーな理屈を付けて放置するに違いない俺なんかからすると、ムチャクチャ真面目な感じがする。或いは明治の人はみんなそんな感じだったのだろうか。わからない。俺はなにもわからない。

昭和元年は一瞬（俺は大袈裟に言っている。実際は一週間）で終わり、明けて昭和二年の正月を広島で迎え、それからどこをどう歩いたのかわからないが九月には山陰地方を行乞していたらしい。

昭和三年は徳島で新年を迎え、四国八十八箇所を巡拝、二月二十七日、足摺岬にある第三十八番札所金剛福寺に拝登。七月は小豆島に渡り西光寺に五泊。尾崎放哉の墓に参り、七月二十七日に岡山に渡って、十月六日は福山市内、その後は山陰地方を行乞していたらしい。

そして昭和四年は、と申しますと、広島で新年を迎え、一月は山陽地方行乞。二月北九州行乞。下関に兼崎地橙孫を訪ね、糸田に木村緑平、飯塚に長男の健を訪ねている。三月は熊本の「雅楽多」に戻って八月まで滞在し、句友と交遊。九月に再び旅に出て、十一月三日、来熊の井泉水を句友たちと迎えて阿蘇に遊び、十三日は彦山拝登。耶馬渓を経て中津の松垣昧々を訪う。十二月は大分を行乞して熊本に戻っている。

そして昭和五年は、「熊本市の石原元寛居にて新年会、句友たちと交流。二月、句友たちを訪問、句会酒会しきり。」と書いてある。

つまりどういうことかというと山頭火は四年ちかく行乞（乞食）をしながら四国西国を歩き回っていた、ということになる。

すなわち、道d「人間の完成を目指す道」、を邁進していたということになる。で、この間は日記も残っていないので、どこをどう歩いたかを詳しく知ることはできない。じゃあどうして、此処で新年を迎えた、しか、ここら辺を歩いた、ということがわかるかというと、山頭火は旅先から友人知人に宛てて手紙や葉書を頻繁に出していて、そして手紙や葉書には発信地が記されているから、この間は大体、このあたりを歩いておったのだな、ということが推測されるのである。

これを今の感じで言うとSNSの発信のようなものなのかも知れない。

「そない言うたら最近、あいつどないしとんにゃろね。最近、みーひんね」となった場合、それが友人知人であれば、「心配だね」と身の上を案じる。よく知らない人の場合、「落ちぶれて乞食になったんちゃう？　はは、おもろ」となる。

それを防止するために、いったい誰が知りたいのだろう？と思うような自分の近況、日常の一コマをアップロードする。また、そういう動機がなかったとしても、人間の心の奥底には、自分という人間が存在することを他に知って欲しい。知られることによって世界と繋がりたい、というまったく奇怪な欲望があるから、「今日、ストーブを焚いた」とか、「社会のせいで心を病んだ」など訴え、その欲望を不十分ながら満たそうとする。

みたいなことに近いことを山頭火もやっていたのかも知れない。

と言ってでも山頭火の場合は、それよりももっと実際的な事情があったのかも知れない、というのは、行乞の場合、余剰の銭もないし、貯蓄も当然ない。保険も有価証券のようなもの、土地家屋、そうしたものの所有は一切できない。要するに山野の鳥獣、もっというと草とか木ぃとかそんなものと同じくらいの存在である。だけれども人間には煩悩があるゆえ、禽獣のように行き斃れてあっさり死ぬことができず、山野に往来に骸を晒すことにどうも抵抗感がある、けれども。

考えてもご覧なさい、四十半ば、それも平均寿命が五十かそれくらいの時代の四十半ばで、過酷な行乞生活をしているのだから、いざというときの助けは、どうしてもこれ、欲しくなってくる。

そんなときに頼りにするのは普通であれば、親兄弟みよりたよりなのだけれも、山頭火にはこれがない。なぜなら自らそれを断ち切ったからである。じゃあどうするのか。そう、ここで頼りになるのは木村緑平を初めとする句友だちで、山頭火はまったくの孤立無援にならないため、常にこれら句友たちと「つながって」いたのである。

今の世の中で、一切の金融資産を持たず都市を放浪するのは、ヨットで太平洋を横断するのに似た暴挙であると言える。

だけれども都市においてはスマホ一台あればなんとかなるし、太平洋においても位置情報が発信されていれば安心感が随分違う。或いは、俺は映画で、沙漠みたいなところで優勢な敵に囲まれ、孤立無援に陥った小隊が、無線で友軍に依頼し、空から爆撃して貰って、危地を脱するシーンを見たことがあるが、山頭火はこれにもっとも似ているのかも知れない。危機に陥ったらスマホも無線もないが、とりあえず、葉書を書いて投函すれば相手に届く。ほいで、その葉書に、次はどこそこのなんという処にいくから、そこの郵便局留で為替証書を送ってくれ、と書いておけば一所不住の沙門である山頭火も現金を受け取ることができるのである。

山頭火にとってこれは、さびしさを紛らわし、ぎりぎりの生存を保障するための、切実なツールであったように思える。

このように考えると山頭火があまり行きたくないであろう郷里の役所に出向いて改名を申請したのも頷ける。全国どこにでも郵便が届くのは近代国家の証しであり、古代中世ならいざ知らず、昭和の御代においては、いかな山頭火とて、国民をやめて生きることはできなかったのである。

なんてのは本題と関係ない。という訳で、そうやって山頭火の所在は葉書によって確認される。

ということは、割と細かく所在がわかる期間は、細かく通信をしていたということで、此の辺を歩いていたらしい、としかわからないときは、あまり通信をしなかった、ということが言える。どこをどう歩いていたか、まったくわからない期間は通信がなかったということである。

で、その間、どんな感じだったかというと、例えば昭和四年に、

ほろほろ酔うて木の葉ふる

という句がある。一、二杯、きゅう、と飲んだ。ええ感じに、ほろっ、と酔うた。そうしたところ、木の葉が、はらっ、と降った。「ああ、ええ気もっちゃあ」みたいな句、と読むことができる。或いは、荻原井泉水とかは「ほろほろ酔うたものが木の葉なのか、ほろほろと風に戯れるものが己れなのか、主であり且客であり、客であり且つ主であり、彼であり、我であり且つ彼であり、実に渾然としたところに帰入してゐる物心融合の妙境である。」（昭和七年『層雲』六月号より）と評している。

帰入というのは仏教用語で、辞書をコピペすると、「教えを受けて、深く仏の真実に従うこと。帰依。」と書いてある。主体もない客体もないところに真実を見出して、物と心が溶け合わさった、宇宙、みたいな、仏、みたいな、そんなところまでいってるよね、という『層雲』の感じというか、新傾向俳句の人が表現したかった、人間のなに、みたいな、

そんな解釈である。

山頭火も『層雲』の人なので理屈・理論としては同じやうなことを考へてゐたと思ふ。だけど、ちょっと違う部分もあったんとちゃうけ、と河内弁に歴史的仮名遣い重ねて自信なく思ふのは、やはり旅の過酷さで、これは『層雲』の一月号に載ったようなのだけれども、そうすっと最初に書いたのは昭和三年の十一月とかそれくらいと考えられ、その頃は、山陰地方を旅していたのだろうが、十月の初め頃の木村緑平宛の葉書に「三備山間をヒヨロゲまはりました／旅に病んでトタンに雨をきく夜哉（戯作一句）」とあり、また、昭和四年一月五日、広島から木村緑平宛に出した手紙では、「一応山口まで行き、引き返してさらに奥羽北陸の旅へ出かけるつもりで先月の中旬当地まで来ましたが、四大不調でしよことなしにここで年越しするやうになりました、」とある。

つまり十月の初め頃から年明けに掛けてずっと身体の調子が悪かったということで、一月の葉書にはこの後、「ゲルト五円貸して戴けますまいか、宿銭がたまつて立つにも立たれないで困つてゐるのです、天候はシケルし、身体の具合はよくないし、ゲルトはなし、」とあり、行乞もできないくらいに体調が悪かったと思われる（同じ一月の『層雲』に、「しぐるるや死なないでゐる」という句もある）。

という風に考えると、この句はまた別の読み方ができるのではないかと思う。

どういうことかというと、崩壊感覚と演劇性で、まず崩壊感覚の方から説明をすると、もう正味の話、自分がバラバラになって、終わっていくような感覚である。その自分が現実に滲み出たように存している。

それがハラハラと降る木の葉なのである。正味の話が、青々と茂った葉っぱは落ちない。病んで死んだから落ちてくるのである。と言うと人、特に酒徒は、「でもホロホロと酔っているのだからいんじゃね？」と言うてくるだろう。だけれども山頭火は、確かにそれは風情あるものだが飲むにつけ、「まず、ほろほろ、それからふらふら、そしてぐでぐで、ごろごろ、ぼろぼろ、どろどろ」になっていくことを知っている。降る木の葉を、その崩壊の予兆として観じているのである。

と言うと健全な人は、「そんなに体調が悪いのならそんな風にどろどろに酔うまで飲めぬでしょう」と訝るに違いない。しかし、酒飲み、それも路上生活をしている酒飲みなどというものは酒以外に頼るものが此の世にない。満足な人間は寒けりゃ布団をかぶる。腹が痛めば病院に行く。だけどそうした境涯にあるものは布団もなけりゃ健康保険証もない。ならば酒で寒さを凌ぎ、酔いで痛みを紛らわすしかない。だから体調が悪いからといって飲むのをやめることはできない。酒は涙か溜息か、内面の苦しみを誤魔化すのも酒なら、この境涯にあっては身体の痛苦を紛らわすのもまた酒なのである。

もちろんさらなる身体の不調を招く。それがわかっていてもいンまの痛苦を紛らわすためには飲むしかない。その結果、さらに苦しくなってさらに飲み、加速度的に精神と肉体が破壊せられていくのである。

もう一度言うと、このとき降る木の葉はその滅びの予兆としての木の葉である。となるとそれは人間にとっては深甚な恐怖で、そんなものに堪えられる人はいない。

思うに山頭火にとっての俳句とは、それを純粋な恐怖として抽出、自分の外に置いてこれを眺めることによってその恐怖から免れる、というものであった。

これすなわち演劇性である。それ、というのは自分の身の上に今この瞬間起きている抜き差しならない事態、を当事者としてでなく、劇として眺める、そしてそれを水のように純粋な言葉に置き換えることによって、それを見ている自分、肉身を離れた自分を創りだし、肉体の痛苦、精神の痛苦から免れようとする。現実から離脱して「一切を放下し尽くす」みたいな境地に一瞬、至る。或いは、至った気になる。これが山頭火の俳句ではなかったか。


乞食になろうと思い家を出て、行く当てなく街道を東に向かって歩いて居るとき、俺の頭のなかに、「このように流浪するわけは、このように歩き続けるわけは」という句がずっと流れていた、という話を冒頭に書いた。そのときの俺にはこれを山頭火のように、水のような純粋な言葉よりなる詩にする能力が無かった。だから俺は高円寺まで歩いて力尽き、それ以上歩けなくなって、その頃のバンドメンバーの部屋を訪ね、一泊させて貰って電車賃を借りて家に帰った。

もしあの時、俺に一句を成立させる能力があったら、俺はさらに歩き続け、やがて本物の乞食になっていたかも知れない。

なんて俺の話はどうでもよく、兎に角、昭和二年昭和三年と行乞を続け、昭和四年の正月には山頭火は結構疲れ果て、身体がしんどいから行乞もできず、かなりしんどいことになっていたのである。

＊2　久保白船（くぼ・はくせん）　俳人。明治十七（一八八四）〜昭和十六（一九四一）年。山口県出身。『層雲』の同人。親しい友人であり、山頭火の葬列には徳山から駆けつけた。

「どうしようもないわたしが歩いてゐる」㈡

空しさ覚える

という訳で山頭火は昭和四年正月頃には心身の不調もあり行乞がしんどくなっていた。しかしだからといって他にやることもないので相変わらず歩いていた。そんななか二月頃には、師・荻原井泉水宛に以下のような葉書を出している。

めつきりあたゝかくなりました、私はぶら〳〵歩いてこゝまで来ましたが、憂鬱なるばかりです、とにかく、もう一度談合して、今生の最後の道に入りたいと念じてをります、山の中を歩いてさへをれば、そして水を味うてさへをれば、私は幸福でありますＣそして同時に周囲も幸福でありませう、さう考へてゐなければ、こんな我儘な生き方が出来るものではありません）。

山の水れいろうとして飲むべかりけり

かういふ時代遅れの句をくちずさむほど、それほどおちついた気持ちになれます、寂しいけれども安らかな歩みであります。

私も句作生活の第三期に入つたやうです、主観的寂事詩――感傷的でない、写生的でない――としての句とでも申しませうか、此一関を透過すれば、私もやうやく本当の句を生むことができると信じます。


短い文章のなかにいろいろな事が書いてあって、いろんな事を思う、例えば、「主観的寂事詩――感傷的でない、写生的でない――としての句とでも申しませうか」なんていう自身の俳句のこれからについて語っているところには、例えば小説を書く場合でも大事なことになってくるのではないか、と思うのだけれども、その話になると自分でも何を言っているのかわからなくなるので一旦置いて、それ以外の部分、この頃の山頭火の状況・状態について考えてみたい。

でまず最初に、心配される体調のことだが、暖かくなって、ぶらぶら歩いてここまで来た、とあるから木村緑平に為替を送って貰って広島を発った後はマアマア回復したのだろうと思われる。ほいで、ここまで来た、の、ここ、というのは全集の年譜にあった、北九州のどこか、ということであろう。

それはわかるのだけれども、次に書いてある、「憂鬱なるばかり」「とにかく、もう一度談合して」というのはどういうことなのか、というのがよくわからず、でも、村上護氏が、「息子種田健との談合だった、と私は考えている。」（『山頭火　評伝・アルバム』）と書いているのを読んで俺は、「あ、なるほど」と思った。

つまりどういうことかを小説家の粗雑な推測を交えて言うと、だいぶんとしんどくなってきた山頭火は昭和四年二月、下関に兼崎地橙孫を訪ねる。

「いやー、俺も大分に詰まってきてヤー」

「ほんまかいなそうかいな。ほな、マー、二、三日ゆっくりしいや。俳句の話とかしましょいな」

「ありがとう。助かるわ」

と言ってそこに居るのだけれども、ずっと居るわけにはいかんから発って関門海峡を渡る。そうすると足はどうしても木村緑平の居る方に向く。そいでいろいろちょっと疲れた身体と心にエナジーチャージみたいなことをして、飯塚で会社勤めをしていた健と会っている。このときは健と進路について話し合ったらしい。

どういうことかというと、このとき健は会社勤めをしていたのだが、もう少し専門性を身につける為、学校に行きたい、というう希望を持っていたらしいのである。しかし、当たり前の話だが、その為には金がいる。

普通であれば親がその金を出すのだが、健の親は種田正一ちゃん。山頭火その人で、句の完成、人間の完成を目指す道を歩んでいる。

その道を歩く場合、銭はおろか、所有そのものを禁止されているし、もっというと、肉親の恩愛も断ち切ったうえでないとその道に入れないことになっている。山頭火は、「山の中を歩いてさへをれば、そして水を味うてさへをれば、私は幸福であります」と書いているが、それは本当に山の中を歩くことと水を飲むことなのかというとそうではなく、それは求道していれば、句作をしていれば、自分のなかにあるどうしようもないものから逃れられる、と言っているように俺なんかからすると見える。

市井に居れば句ができない。結庵すれば漂泊の思いやまず、やはり句ができない。行乞すれば句はできるけれど、身体がしんどいし、だんだん空しくなってくる。

「ほな、どないせぇゆうね」

昭和二年、昭和三年、と丸二年間、放浪し、昭和四年、旅に出て三回目の正月を迎えた山頭火はそんな状況だったのである。そしてそんななか健の進学問題が持ち上がって、山頭火は熊本に一旦戻り、妻のサキノと話し合っている。

そのときのサキノはどんな感じだったのだろうか。もちろん、

「いやさ、行乞してたらしんどくなっちゃってさー。もう、身体とかボロボロよ。ちょっと、休ましてくんねえ？」

と言って帰ってきたら、

「ふざけるな。一歩でも家に入ったらぶち殺す」に近いことを言って追い返したであろう。だけれども息子の進路問題について話し合いたい、と言われれば家に上げざるを得なかったと思われる。

で、どうなったかというと、山頭火は昭和四年の三月から秋頃まで熊本に滞在していた。で、なにをどう相談したかはわからないが、健の学費を稼ぐため、人間の完成・句の完成は一旦諦めて、市井に暮らして、というのはつまり家に帰って、以前のように行商やその他の仕事をやって金を稼ぐ、ということを始めようとした。

人間は他の人間について考えるとき、その頭の中味を直接に目視することはできないから、自分に当てはめるなどしてこれを推察することしかできない。愚昧で、楽をすることばかり考えている俺なんかは、体調も優れず、行乞に倦み疲れ、「いくら歩いても道はみつからないかも」と思い、また、「どこでもよいから屋根のあるところで連続的に寝たい」と考え、「健の進学問題やサキノとの関係は確かに俗世のことだが、少なくとも健が学校を終えるまでは雅楽多絵葉書店に戻るのもマア仕方ないのかも」と考えたのではないか、とどうしても思ってしまう。

けれども結果的にそれはできなかった。十月に木村緑平に宛てた手紙では、「私は熊本を出たり入つたり、そして今はまた歩きまはつてをります、熊本に於ける半年の生活ほどみじめなものはありませんでした」と書いているから、息子の為に堅気の商人になるということは、これはやはりできなかったように思う。その際の山頭火の偽らざる心境を仮に俺が推測して俺の言葉で言うと以下のようになる。

「そんなことできんねやったら疾うにしとるわ、ぼけっ」


そして山頭火はまた行乞して歩くようになった。しかし。客観的に考えればそれはそんな難しいことではなく、普通に考えれば一所不住とか言って、家も財産も持たず、体力に任せて歩き回り身体が弱ったら鳥獣のように野垂れ死ぬ、という方が遥かに難しい。っていうか、そうするか絵葉書屋でバイトするかどっちか選べ、と言われたら、誰だって迷うことなく絵葉書屋のバイトを選ぶだろう。いやさ、そうするか、岩石を一日最低六十個運ぶバイト、と言われてもそちらを選ぶと思う。

だけど山頭火は行乞流転を選んだのである。

これを「駄目な奴」ととらえるか、「凄い奴」ととらえるか、「普通」ととらえるかによってその人がどんな人間かがわかるのかもしれない。俺はすくなくとも「駄目な奴」とは思わないが、これを「凄い奴」といって無闇に賞揚して、自分と無関係なものにしてしまうのも違うのではないか、と思う。

ということで、「どうしようもないわたしが歩いてゐる」という句を考えるのだけれども、そのとき山頭火が歩いて居るのはどこか、というと歩くということは行乞を意味する場合が多いから、とりあえず山中と考えてみる。

で、なんで山中を歩くかというと、まあ、道d「人間としての完成」、を目指す道であるからだが、三年やって、「それもなー」と思うようになった。だけど、熊本に居たらどうなるか。或いは熊本でなくても町中に居たらどうなるか。

どうしても酒を飲んでしまう。酒を飲むような所の近くには綺麗なねぇちゃんもいて、時にはこれと遊ぶようなこともしたのかもしれない。そうすると心が濁って句ができない。また、店番をしたり、行商をしたりしても、長年の習慣で自動的に言葉は生まれ出てくる。だけど、そこらのアホなロッカー崩れがSNSなどに載せる自己顕示欲丸出しの俳句や短歌なら知らず、句の完成、本当の句＝人間の完成を標榜してその道に精進してきた山頭火がそれでよい訳がない。

だから句を諦めて三年間は我慢をしようと思ったのかも知れないが、残念なことに酒を飲むには金が要る。行乞をしておればそんな金は手に入らないし、先払いが多いから、一日一合とか三合とか、それくらいで終わるが、町中だと、「もう一本つけてくれ」と言えば酒が出てくるし、友人にたかることもできるし、小口金融などもあるからとめどというものがなくなり、堅気の生活はその方面からも、ほろほろ崩壊してくる。

また、山頭火が山頭火として存在するためのぎりぎりの命綱は句が純粋に澄むことである。それがあるから、それだけを恃み、少量の酒と睡眠薬を慰藉として生きた。俗世のしがらみによってその句が濁ることは山頭火から生きる意味を奪った。
それゆえ山頭火は昭和四年秋、再び、歩き始めたのである。

そのとき山頭火は、「やったぜ。また、澄むぜ」と思っただろうか。俺は思わなかったと思う。なんとなれば息子のこともあるし、身にしみて知った行乞の苦しみもあるし、句の完成は兎も角、迷いや苦しみを捨て去る、快楽を求める心や恩愛を捨て去るのはやっぱ無理かも。と思っていたのではないか、と思うからである。

前も言ったが山頭火の俳句とは自分のなかにある迷いや惑いを自分のなかから句として抽出することによって、純粋な水のような自然物となった迷いや惑いを、もう一人の自分として眺めることによって牢獄としての自分から脱け出し、自由になる。言い換えれば悟りを得て解脱する、という戦略の上に成り立っていた。

町に居ればそれができない。なぜなら快楽や恩愛といった迷いや惑いがいや増すからである。しかし人の手によってなるものがない山中に居るとそれができる。現代人でもひとりで山登りをすると魂が身体から滲み出ていくような感覚に見舞われることがあるが、それを形式化して洗練すれば山伏の山林修行のようなことになるのだろう。

それをさんざんやった山頭火は、だから山の中ではそれを一定程度することができた。だけど、生きて肉体を有している以上、離脱できない現実は厳然としてある。三年間、放浪し、身体がボロボロになり、そして身内の情によって市井に戻って数ヶ月はこれにおいて、身の置き所を変え、環境を変えれば、それによって起きる反応こそ変われど、自分というものはなくならない、ということを知った。

分け入つても分け入つても青い山

と言うとき、その句には人の、でもまだ分け入っていこう、という意志がそれでもうかがえる。いま現在、分け入っている、という感じがある。それから丸三年経って、その人は、

どうしようもないわたしが歩いてゐる

と言う。歩いた結果、「山の中を歩いてさへをれば、」自在自由に自分を自然のなかに取り出すことができるやうになつた。だけど、それは自然のなかでは異物であり、市井にあってはバケモノである。どこにも融和できず、取り出したはよいが、どこにも置き所がない。だから歩いている。しかし、歩いたとて置き所が見つかるわけではないことはもうわかっている。

此の句はそのような人がただ生きているだけでもう方途にくれている、という悲哀が現れている。

なんの苦労もしないで甘やかされて育ち、「生きづらい」などとほざいている若僧を見るとパンクの日陰道を歩んできた翁としては、「バカッ、元気を出せっ」と叱咤したくなる。だけど、ここにある人間のそもそものどうしようもなさを見るとき、

このように流浪するわけは
このように歩き続けるわけは

と問うて絶句し、引き返した、その先の姿がこれなのだ、ということに思いいたり、ころが、ぐわあっ、となるのである。うくく。

「酔うてこほろぎと寝てゐたよ」(一)

酔中野宿

昭和四年、再び歩き始めた山頭火ではあったが、しかしその間、息子の健が秋田の学校に入ったことなどもあり、熊本に帰って俗人の生活をしようとしたり、でもすぐそれも嫌になって行乞に行ったり、飲酒してどえらいことになることもあったようである。となると当然、金にも詰まってくる。息子の学費を稼ぐために市井に暮らして、あべこべに借金を拵えているのではどうしようもない。どうしようもない私が歩いてゐる、ってそのままやんけ的な。

それでまあしょうがない、また手紙を書いて借りたりしていたけれどもやはり駄目で、そして山に行ってもしんどいばかりでなんにも悟れない。そしてついに昭和五年九月、「呪ふべき句を三つ四つ」という言葉の後、

蟬しぐれ死に場所をさがしてゐるのか
青草に寝ころぶや死を感じつゝ
毒薬をふところにして天の川
しづけさは死ぬるばかりの水が流れて

などの句を残している。

すなわち、どういうことかと言うと、蟬が鳴いている中、薬を買いに行き、それを飲んで青草のあるところに横たわり、星を眺めて目を閉じたら、なにも音がせず、ドクンドクンと血の流れる音だけが体内に響くのを聴いていた、つまり睡眠剤を大量に服用して自殺を図った、ということである。

ところが。九月十四日の日記に、（先日はゲルトがなくて百瓦しか飲めなくて死にそこなつた、とんだ生恥を晒したことだ！）とあるように、この時は、間抜けな事情で死にきれなかった。

そこでやむなく人生をリセットするために、また旅に出た。といって、人間の生はコンピュータでするゲームではなく、リセットボタンはどこにも付いていない。でどうしたかというとこれまで書いていた日記を焼却した。その時の、

焼き捨て〻日記の灰のこれだけか

というは有名の句で、「これだけか」という自問が、しかし読む者に開かれるように迫ってくる。なぜかというとどんな人も自尊心と客観的に見た卑小な自分との落差に苦しんでいるからで、でも普通に暮らしていれば、自分の卑小な部分が取り出されて可視化されるなんてことは先ずないので、こんなことにはならない。だけど思い当たる節がありすぎるほどあって共感を呼ぶのである。

しかしこんなものは誰も見ていない公開演技のようなもので、やったところで心に決まりが付くわけではなく、だからこそ「これだけ」と嘆く。

そんなリセットもどきをして山頭火は二度目の行乞の旅に出た。日記を焼き捨てることによって過去と訣別し、本当になににも繋がらない覚悟で旅に出たのである。でも。

分け入つても分け入つても青い山、と言うとき、そのときにはまだ、そう言いながらも、背負うた迷い、惑ひ、を捨てよう、という意志があった。だけどこのときは、肉親・身内への恩愛や自分の惨めな快楽への執着、捨てきれぬ生への執着を、逃れようのない形で目の前に突きつけられ、自然の中に居れば句は澄むのかも知れないが、それもまた虚妄というか詭弁、くさい物に蓋をしているに過ぎない、ということをまざまざと思い知らされたのではないだろうか。

捨てきれない荷物のおもさまへうしろ

旅姿であれば荷物は前後に振り分けにする。前、というのは、未来のこと、後、というのは過去のこと。

過去の因縁も暗澹たる将来も、自分にとっては重い荷物であるが、だがこれを捨てられないのである。空間の中にただ一点としてある山頭火はそのように過去と未来の時間に追い詰められ、だからといって一箇所に立っていられず、蹌踉と山中を歩くより他なかった。そこにはいかなる幻想も物語も入り込む余地なく、甘美な過去の追憶も、僅かな灰となって雲散し、永年の労苦に、自分の生に、なんの意味も意義もなかったという事実だけが、これから先も続くであろう、さらに甚だしい労苦とともに重く肩に食い込む。それでも歩くより他なかった。

故、山頭火は歩くことにしたのである。これより先のことは日記が残されている。それは『山頭火　行乞記』という題で本になっている。これにより、これ以降はその時々の山頭火の動静が後の世を生きる人間にも解るようになった。その初めの方にこんな文章がある。

私はまた旅に出た。――

所詮、乞食坊主以外の何物でもない私だつた、愚かな旅人として一生流転せずにはゐられない私だつた、浮草のやうに、あの岸からこの岸へ、みじめなやすらかさを享楽してゐる私をあはれみ且つよろこぶ。

水は流れる、雲は動いて止まない、風が吹けば木の葉が散る、魚ゆいて魚の如く、鳥とんで鳥に似たり、それでは二本の足よ、歩けるだけ歩け、行けるところまで行け。

旅のあけくれ、かれに触れこれに触れて、うつりゆく心の影をありのまゝに写さう。

私の生涯の記録としてこの行乞記を作る。

短い中に、かっこつけと自恃・自尊と諦めとヤケクソと本音が入り交じった名文章である。「所詮、乞食坊主以外の何物でもない私だつた、愚かな旅人として一生流転せずにはゐられない私だつた、」というのは諦め、「みじめなやすらかさを享楽してゐる私をあはれみ且つよろこぶ。」というのは自尊、「水は流れる、雲は動いて止まない、風が吹けば木の葉が散る、魚ゆいて魚の如く、鳥とんで鳥に似たり、」というのはかっこつけ、「歩けるだけ歩け、行けるところまで行け。」というのはヤケクソ、「うつりゆく心の影をありのまゝに写さう。」というのは本音、「私の生涯の記録としてこの行乞記を作る。」というのはその全部が入ったものであろう。

そうして二度目の行乞に出た山頭火は、九月九日に熊本を出て、九月二十二日には宮崎県の都城に至っている。その間もその後も、山頭火はその土地の印象や出会った人のこと、宿のこと、その他のことを「行乞記」に記している。例えば、九月十八日条、宮崎県の飯野村、というところで記した記述は、「濡れてこゝまで来た、午後はドシヤ降りで休む、それでも加久藤《かくとう》を行乞したので、今日の入費だけはいたゞいた。」と天候と銭勘定の記述から始まっている。そして、宿が汚いこと、子供が騒いでうるさいこと、それに比して昨日の宿はよかった、と愚痴っぽいことが書かれてある。それから、

濡れてすゞしくはだしで歩く

など四句を記し、風呂がよかったことを書いた後、

けふは今にも噛みつくかと思ふほど大きな犬に吠えられた、それでも態度や音声のかはらなかつたのは自分ながらうれしかつた、その家の人々も感心してくれたらしい、犬もとう〳〵頭を垂れてしまつた。

と記す。どういう事か。推測するに、山頭火は人の家の前に立ち経を唱えた。そうした

ところ、その家の巨大な飼い犬が出て来て吠えた。

というのはそらそうだろう。犬からすれば、袈裟を着た山頭火は普段、見かけない異様な扮装の怪しの者である。その奇怪な男が自分のテリトリーに入り込んで、異様の唸り声を上げている。警戒して吠えないわけがない。これに対して沙門山頭火、急きも慌てもしない、微動だにせず、経を唱え続ける。このことに山頭火は、「自分ながらうれしかつた」と記している。

これがもし自分の修行の成果がうれしくて書いたのであるならば、それはきわめて人間的な反応で、そんな自分に対する執着があるということは、まだまだ修行を積んでいない、ということになるが、それも「うつりゆく心の影」として「ありのまゝに」記してある。

そして、「犬もとう〳〵頭を垂れてしまつた。」なんていうところは、俺がもし「アニメ山頭火」の演出家ならば絶対に取り入れたい絵になるシーンである。もしこのような光景を俳句に拵えたとしたら、そこに立っている乞食坊主が自分であろうが、なかろうが、通俗的になりすぎて、きわめて鬱陶しい、でも大衆の共感を呼ぶ句になるように思う。

だから『層雲』とかで俳句修業をした人はそんなことはしない。のだけれども、山頭火の句にはそうした感じの句も、けっこうあるように思ふ。けれどなめてはいけない。

山頭火の場合、アニメーションの演出家になった俺のように、ダイレクトにそこに行くのではなく、そこと難解のぐるりを何周も回って、そんなことをやっているように俺には思える。

その後、山頭火はどんな旅をしたか。山頭火の旅は具体的にどんなだったか。「行乞記」に記されたその一日のうちから興味深い又はおもろい行を抜き出してみる（〈 〉の内はその日の俳句）。

・九月十九日・小林町　「アルコールがなくては私の生活はあまりにさびしい、」
・九月廿日・小林町　「けふの行乞はほんとうにつらかつた」〈泣きわめく児に銭を握らし〉
・九月廿一日・高崎新田　「洋服の中年男が近づいてきた、そしていやにに こ〳〵して、いつしよに遊ばうといふ（―略―）奇怪な申出である、」
・九月廿二日・都城市　「庄内町の自動車乗場の押揚ポンプの水はよかつた、」「宿をさがして急いでゐるうちにゆきあつた若い女の群、その一人が『あう』といふ、熊本のカフヱーでみたことのある顔だ、」
・九月廿三日・都城市　「一杯二杯三杯飲んだ（断つておくが藷焼酎だ）、いゝ気持ちになつて一切合切無念無想。」「やつぱり飲み過ぎた、そして饒舌り過ぎた、どうして酒のうまさと沈黙の尊さと、そして孤独のよろしさとに徹しえないのだ。」

・九月廿四日・都城市　「諸焼酎のたゝりで出かけたくないのを無理に草鞋を穿く、何といふウソの生活だ、こんなウソをくりかへすために行乞してゐるのか、」「鰯と茗荷とを買つた、焼鰯五尾で弐銭、茗荷三つで一銭、そして醤油代が一銭、合計四銭の御馳走也。」
・九月廿五日・宮崎市　「子供が泣く、ほんたうに嫌だ、私は最も嫌ひなものとしては、赤子の泣声と或る人の問に答へたことがある。」「夜になつて、紅足馬、闘牛児の二氏来訪、いつしよに笑楽といふ、何だか固くるしい料理屋へゆく、私ひとりで飲んでしやべる、初対面からこんなに打ち解けることが出来るのも層雲のおかげだ、いや俳句のおかげだ、いや、お互の人間性のおかげだ！」
・九月廿六日・宮崎市　「夜はまた招かれて、闘牛児さんのお宅で句会、飲み食ふ会であつた、」〈秋暑い窓の女はきちがひか〉
・九月廿七日・宮崎市　「夜はまた作郎居で句会、したゝか飲んだ、しやべりすぎた、」
・九月廿八日・宮崎市　「今日はしつかり労れた、六里位しか歩かないのだが、脚気がまた昂じて、足が動かなくなつてしまつた、」〈笠の蝗の病んでゐる〉
・九月廿九日・宮崎市　「明日はいよ〳〵都会を去つて山水の間に入らうと思ふ、」
・九月卅日・折生迫《おりゅうざこ》　「山が水が、そして友が私を慰めいたはり救ひ助けてくれる。」

・十月一日・伊比井《いびい》「私が漬物の味を知つたのは四十を過ぎてからである、日本人として漬物と味噌汁と（そして豆腐と）のうまさを味はひえないものは何といふ不幸だらう」〈こゝろつかれて山が海がうつくしすぎる〉
・十月二日・鵜戸《うど》「宮崎の人々は不深切といふよりも無愛想らしい、道のりのことをたづねても、教へてくれるといふより知らん顔をしてゐる、頭もよくないらしい（宮崎の人々にかぎらず、だいたい田舎者は数理観念に乏しい）、一里と二里とを同一の言葉で現はしてゐる、」
・十月三日・飫肥《おび》町「今朝、宿が豆腐屋だつたので、一丁いたゞいたが、何とまづい豆腐だつたことか、いかに豆腐好きの私でも、その堅さ、その臭さには、せつかくの食慾をなくされてしまつた。」〈暮れの鐘が鳴る足が動かなくなつた〉
・十月四日・飫肥町「昨日から道連れになつて同宿したお遍路さんは面白い人だ、酒が好きで魚が好きで、無論女好きだ、」「一銭を投げ与へた彼女は主婦の友の愛読者らしかつた、」
・十月五日・油津《あぶらつ》町「例のお遍路さんから、肉体のおせつたいといふ話を聞いた、ずゐぶんありがたい、いや、ありがたすぎるおせつたいだらう。」〈秋暑い乳房にぶらさがつてゐる〉
・十月六日・油津町「久しぶりに日本酒を飲んだ。（―略―）十五夜の明月も観ないで宵から寝た、」

と、こんな感じで旅をしている。そして十月六日の三時ぐらいからは例の酒好き女好きのお遍路さんと飲んだらしく、十月七日条に、「宿ではまた先日来のお遍路さんといつしよに飲む、今夜は飲み過ぎた、とう〳〵野宿をしてしまつた、その時の句を嫌々ながら書いておく。」とあり、酔中野宿という題で五句が記されてあり、その冒頭に、

酔うてこほろぎといつしよに寝てゐたよ

というのがあるのである。それ以外の句は、

大地に寝て鶏の声したしや
草の中に寝てゐたのか波の音
酔ひざめの星がまたゝいてゐる
どなたかかけてくださつた莚《むしろ》あたゝかし

である。

「酔うてこほろぎと寝てゐたよ」㊁

俳句、澄んでいるか、濁っているか

昭和五年十月七日、酒好き女好きの遍路と飲んだ、山頭火が「行乞記」十月七日条に記した句は、「酔うてこほろぎといつしよに寝てゐたよ」そして、十月九日これを、酔うてこほろぎと寝てゐたよ、として、いつしよに、と言わないから、誰にでも、なににでも当てはまる文句になって、いつしよに、と言われるより、より心に染みこんでくる。

こういうときに、「染みこんでくんな」と思うだろうか。俺は思わないで、勝手に染みるままにさせている。だから俺の心はいつも汚れて穢らしいのである。だけど、人間の心というものは、頭の働きというものは、そもそものように穢らしいものである、と俺は思う。だから、ツルツルピカピカの心を見ると、嘘くさいと思ってしまう。

銭を遣って常に磨かせているか、そもそもまがい物かも、と疑ってしまう。それというのも俺の心が汚れているからだ。すまんのお。

こんなとき、すまんのすまんのまんのう町。と、ここでコントD51のギャグを記述するのはもちろん香川県仲多度郡まんのう町が弘法大師所縁の地だからである。弘法大師はそのように認識に穢れた人間の心頭のクリーンナップを常に考えておられたからである。

俺は何の話をしているのか。そう、山頭火もまた、そのような人間の心と頭の働きに苦しんでいた、ということだった。

だから、いつしよに、という語を廃しても残るものがある。その残るものが澄んでいるか、濁っているか、それこそが山頭火にとってもっとも注意を払う点であったのであろう。そういう意味で言うと、言葉の数が少なければ少ないほど、澄んだ感じ、を出すことができるだろうし、多ければ多いほど、濁った感じ、がするのは言うまでもないだろう。

じゃあ、というので、ただ単に、「こほろぎっ」とか、「寝ていたよっ」とか、「酔うてっ」と言うておればよいかというと、それではなにも伝わらないというか、電車の中や路上で一人ブツブツ言うているみたいな感じになってしまい、ただ単に短くすればよいというものではなく、語を重ねてなお澄む、という至芸がやはり必要になってくる。

ということで、ここにあるのは多いにしろ少ないにしろ、やはりギリギリのものとしてある語である、ととりあえずは考えたい。

そういう意味で、どういう感じなのかを考えたいのだけれども、その状況は明白で、と言いたいところだけれども、もしかしたら俺は間違えて捉えていたかも知れない。

というのは、すぐ前に「十月六日の三時ぐらいからは例の酒好き女好きのお遍路さんと飲んだらしく、」と書いて、酔うてころぎといつしよに寝てゐたよ、というのは七日の払暁のことを言っているのだと思っていた。

なぜ、そう思ったかというと、七日に目井津で泊まった末広屋という宿のことが書いてあり、七日は宿に泊まって、野宿したのは六日と思ってしまったからであるが、よく読むとどうもそうではないらしい。イヤー、スコタン、スコタン、えらいすんません。って、謝って済む話か。謝って済んだら、警察いらんのんじゃ。と仰る方があるかも知れないけれども、警察は関係ない話であることには違いなく、もう一度、考えてみると、つまりこういうことである。

六日、山頭火は油津町で午後三時まで行乞、それから久しぶりの日本酒を飲み、宵から寝た。

七日、行乞をしながら目井津へ行き、その途中、藷焼酎を一杯、飲んだ。末広屋に着いたら、例の酒好き女好きの遍路がいたので、これと飲んだ。なぜそう思うかと言うと、「宿ではまた先日来のお遍路さんといつしよに飲む」とあるからである。

その後、「今夜は飲みすぎた、とう〳〵野宿をしてしまつた、」とあり、その後に、「そ

の時の句を、嫌々ながら書いておく」とあり、

酔うてこほろぎといつしよに寝てゐたよ
大地に寝て鶏の声したしや
草の中に寝てゐたのか波の音
酔ひざめの星がまたゝいてゐる
どなたかかけてくださつた莚あたゝかし

がある。

これがおかしいのは、宿では、とあることで、つまり宿について宿でお遍路さんと一緒に酒を飲んだ、ということなのだけれども、宿で酔い潰れたのであれば、そのまま宿で寝て居ればよい。しかるに野宿をするとはどういうことか。「行乞記」にはそのことが書いてなく、それゆえ俺はこれを六日のことを回想的に書いたものと思ったのだけども、そうではなくして、そもそもボクチン（木賃宿のこと）というものは酒を飲むところではないので、酔い潰れるほどにマジで飲もうと思ったらどこか別のところに行って飲まなくてはならない、つう訳で、山頭火と遍路の爺は、外に繰り出して痛飲、熊本でよくそうしていたように山頭火は路傍に転がったものと思われるのである。

そして八日払暁、目を覚まし、まだ酔っ払ったような状態で宿に戻って二度寝したのではないだろうか。そして次に目を覚ましたときは当然の如くに宿酔で、「その時の句を、嫌々ながら書いておく」といふのはそのときに書いたものと俺なんかは思ふ。自信がなくなると歴史的仮名遣ひになる。

つまり七日条に、例えば、「今日の珍しい話は、船おろしといふので、」などとあるのは、八日に書いたもの、だから本来であれば、「昨日の珍しい話は、」と書くべきところである。それを今日と書くのは、後日、誰かに読まれる意識があったからであろう。だから、昨夜の愚行の報いとも言うべき宿酔に見舞われながら、その筆致は理知的で、熱狂からはほど遠い。だけど。

「寝てゐたよ」と誰かに語りかけるように独語する。「したしや」というのは、これが堺弁・泉州弁であれば、「鶏の声もしたからなー」という意味になるが、山頭火は長州の人だから多分、そうではなく、親しいなあ、と心が動いた様を表す。波の音も星またゝきも、草の中に寝てゐたり、酔ひざめ、「莚あたゝかし」と人の情けに感謝する、という湿った感じとはわりかし距離があって、この距離こそが、山頭火が何度も跳び越えようとして越えられず股裂きになった距離であろう。そしてその距離、深い谷底に落ちて五体が裂けて死ぬるまで瞬間に、或いはその谷の暗さにこそ句が生まれるのである。

だけど誰がそんなことをしたいだろうか。誰もそんなことはしたくない。山頭火だってしたくない。そのためにどうしたらよいか。それは割と簡単なことで、山頭火の場合、酒をやめればかなりの問題が解決する。だけどやめられない。

というと酒を飲まない人からしたら、「なにを甘えたこと吐かしとんじゃ」と思うかも知れないが、俺も飲酒狂だった時代があるからよくわかるが、酒飲みはどうしても酒がやめられないことになっていて、それは理性・悟性の問題ではなく、動物としての問題だから、その人がどうにかこうにかしてやめられるわけではない。

この問題に対して、山頭火はどう対処しようとしたか。自殺に失敗して旅に出た直後、九月十四日には、

一刻も早くアルコールとカルモチンとを揚棄しなければならない、アルコールでカモフラージした私はしみ〴〵嫌になつた、アルコールの仮面を離れては存在しえないやうな私ならばさつそくカルモチンを二百瓦飲め。

と書いている。カルモチンを二百瓦飲むということは、死ぬ、ということである。ここで山頭火は、やめるとは言わず、揚棄、と言っている。また、酒に頼る生き方を、つくづく、ではなく、しみ〴〵嫌になつた、と言っている。

つまり山頭火にとってはアルコール＝生、カルモチン＝死、なのであり、つまり山頭火は、生死の境を超えて此の世に存在したい、という土台無理なことを此処で願っている。で、そのためにやったことはなにか、というと、

酒は飲んでも飲まなくてもいゝ境界へまで達しなければならない、飲まずにはゐられない気分が悪いやうに、飲んではならないといふ心持もよくないと思ふ、好きな酒をやめるには及ばない、酒そのものを味ふがよい、陶然として歩を運び悠然として山を観るのである。岩に波が、波が岩にもつれてゐる、それをぢつと観てゐると、岩と波とが闘つてゐるやうにもあるし、また、戯れてゐるやうにもある、しかしそれは人間がさう観るので、岩は無心、波も無心、非心非仏、即心即仏である。

と書いている。後半、禅の用語が入って、ちょっと何言ってるかわからないが、つまり、飲む飲まないに拘泥せず、飲みたいとか飲みたくないとか、自分の気持ちを超越して、ただ現象としての、自然としての自分を受け入れればええじゃんけ、それが酒の揚棄じゃんけ。ガツガツすな。ガツガツ飲む必要もないし、必死こいてやめる必要もないよ。飲んでも飲まんでも同じこっちゃわいな。酒は波、己は岩。別に何をしてる訳でもない。何をしたい訳でもない。ただ二つのものがそこにあるだけじゃんけ、という、そういう境地に行

く。そのためにこなして歩いてゐる、みたいなことなのだが、それをもっとつづめて言うと、まあ、飲むけど、そんなムチャクチャは飲まない、ということ、それを世間にわかるように翻訳すると、まあ、はっきり言って、「節酒」みたいなぬるいことになるのかも知れない。

　ということで、十月七日、油津町から目井津の方へ歩いていると、藷焼酎を売っているところがあった。ここで「儂は絶対に飲まぬ」と頑張るのは酒を揚棄したことにはならない。悠然と飲み、陶然として歩を運ぶ。それこそが揚棄である。という訳で、一杯飲み、いい感じで目井津に着く。

　そうしたところ、豈図らんや、こなだうちのお遍路ちゃんがいてるやんけじゃん、ならば、晩飯時、「まあ、一杯飲みましょいな」となるのは自然な成り行きである。この成り行きに逆らうのはよくない。なぜなら、それは自分が岩なら岩、波なら波、どちらかの立場に立って、この自然に人間の意識というか、我執というか、そういうものを持ち込むことになってしまうからである。一期一会。ガンジス川の畔で水を飲んでいたら隣に人がいて、その人はぜんぜん知らぬ人なのだけれども、そのことはかなり前から決まっていた、みたいな、なんかそんな話のような如き様子の感じの気配。

　そういうことをしているうちに、気がつくと無惨なドンチャン騒ぎのなかで狂乱している自分がいる。だけどそれもまた自然としての自分、アルコホルの揚棄、と今は思ひたい。
思えるかあ、
あっ、あっ、あっ、あっ、あっ、あっ、

という残響が、断続的な虫の声と規則的な波の音にかぶる。草がくさい。星の光がかすかで遠い。

と思うとき、それが、

酔うてこほろぎと寝てゐたよ

という句になる。句は苦である。

生死を超えたいと願い、超えられなくてその中間の峰にいて、生きたさのあまり、泥酔の生へ、生の谷底に転がり落ちていく。その時の音がこんな呻きになるのである。うくく。憂苦苦。

「うしろ姿のしぐれてゆくか」㈠

朽ちた法衣

　昭和五年九月熊本を旅立った山頭火は、十月は宮崎を行乞し、北上して十一月は大分から福岡に入り、それから南下して十二月十五日に熊本に戻った。

　なぜ戻ったのか。と、山頭火に問えば、「別に戻ったわけではない」と言うのかも知れない。というのは行乞流転の旅に目的地はないからで、目的地があった場合、目的地に着いたら出発地に戻るよりほかないが、目的地がなければ出発地も他のすべての宿場と同じく、通過点に過ぎないからである。

　じゃあ、なんのために歩くのか、というと一箇所に居られないからで、なぜ居られないかというと、旅立った時点は兎も角、旅を続けているうちにその理由は次第に明確になってくる。

　すなわち経済的の理由である。なんとなれば、一箇所に居ようと思えば宿代がかかる。

だから宿酔でしんどくても、風邪気味で熱があっても無理に旅立つ。そのことについては山頭火自身が「行乞記」に、此の儘寝てゐたいけど銭がないから行乞するわ、みたいなことを何度も書いている。

じゃあどこまでいつまで歩き続ければいいのか。目的地はどこなのか。というとそれはもうはっきりしていて、目的地は、死、であった。

多くの、山頭火と同じように旅をして暮らす、遍路や芸人や商人や拝み屋や、といった人達もそれは同様で、だからこそ彼らは、コロリ往生、則ち脳溢血乃至心臓麻痺でくたばることを願った。目的地に至るまでの道のりが平坦で、そこに険しい山や泥濘、得体の知れぬ毒虫が潜む密林などがないことを祈ったのである。

だからといって早く死にたいわけではない。とはいうものの生は苦しみそのもの。その苦しみを味わいつつ、一箇所に留まることを許されず、生存の炎に追い立てられるように、ともすれば途切れがちの、細い、一筋の道を歩くのが、すなわち彼らの旅であったのである。

で、今、「旅立った時点は兎も角」と書いた。

その時には、経済的の理由ではなく、人間の完成を目指す、その為に行乞流転する、という理由もあった。一度目に比べると減ったかも知れないけれど、やはりあるにはあったはずで、それがあるからこそ僧衣を纏い、人の施しを受けることができるのである。

しかるに昭和五年十月から十一月にかけて山頭火はどんな感じであっただろうか。「行乞記」十月九日条に山頭火は、書き洩らしてはならない珍問答、として以下のような出来事を記している。

十月七日。焼酎を引っ掛けて好い気持ちで歩いているところ、山頭火は知らない人に声を掛けられ、その質問を受けた。そのときの様子を山頭火は次のように記している。

妙な中年男がいやに丁寧にお辞儀をした、そして私が僧侶（？！）であることをたしかめてから、問うて曰く「道とは何でせうか」また曰く「心は何処にありますか」

これに対して山頭火は、

道は遠きにあらず近きにあり、趙州曰く、平常心是道、常済大師曰く、逢茶喫茶、逢飯食飯、親に孝行なさい、子を可愛がりなさい、――

心は内にあらず外にあらず、さてどこにあるか、昔、達磨大師は慧可大師に何といはれたか、――あゝあなたは法華宗ですか、では自我偈を専念に読誦なすつたらいゝでせう

と答えた。そして、

——彼はまた丁寧にお辞儀して去つた、私は歩きつゝ微苦笑する外なかつた。

と記すのである。これをわかりやすくいうと、酒を飲んでいい気持ちでへらへら歩いていたら、いきなり原理原則に忠実な男が現れ、急に物事の核心みたいなことを尋ねてきて、虚を衝かれたが、やむを得ず初学者でも知っている一般論を言って誤魔化した、ということである。

というのは例えて言うと、法学部卒の、だけど今は流通系の企業で働いているサラリーマンが中卒のパンクロッカーに、「訴えられて困ってるんです。あなた法学部卒だから詳しいでしょ。教えてください」と相談されたようなものである。

その場合は、「いや、もう卒業して随分経ってるし、そもそも実務はわかりません」と言うことができる。なぜならその人はみるからに普通の勤め人だからである。

だけど山頭火の場合はそうはいかない。なぜなら衣を着て笠をかぶり、杖を持って、いかにも旅の僧、という格好で歩いているからである。

だから山頭火は、「僧侶」と書いたのであろうし、「歩きつゝ微苦笑する外なかつた。」

のである。

もちろん、山頭火が、彼がボクチンで同宿するようなその本質が詐欺師であるような僧であったなら、微苦笑はしなかったし、答えも自ずと違っていたかも知れない。

だが山頭火は真面目な人間で、本気で人間の完成を目指していたから、こういう質問に対していい加減に答えることができない。これは、山頭火が味取観音堂で感じていた、マジで山頭火を崇める醇朴な村人に対する、複雑な感情と同じものである。

今も昔も多くの人は生きることに悩み、苦しんで救いを求め、答を求めている。

そして、取りあえず、目の前にいるそれらしいものに救いを求める。

それらしいものは人によって異なるが、ある人にとっては、お坊さんであろうし、ある人にとっては占い師であり、ある人にとっては、政治家であり、ある人にとっては、歌手やタレント、ロックバンドのメンバー、ある人にとっては哲学者であり、ある人にとっては運動選手なのかも知れず、人によって様々であるが、特徴的なのは、その教義や話の内容に救いを求めるのではなく、その「人」を信じ、その「人」に救いや答を求めるという点である。

とりあえずこの人の言うことを信じよう、と思う。というのは、「たとい、法然聖人にすかされまいらせて、念仏して地獄におちたりとも、さらに後悔すべからずそうろう」という奴のおもっくそ底の浅いバージョン、というか地獄に堕ちたら、それはそれで法的手段をとったりする。というのはまあ、いいとして兎に角、安直に人を信じてしまう。

これに対して、その人も同じように悩みや苦しみを抱える人であるから、「救うてやる」と言うことはできないはずである。ここでそんなことを言えるのは、阿弥陀さんとか観音さんとか、或いは人間であれば法然さんとか親鸞さん、といった方のみである。

ところがロッカーやなんかは、①それによって銭が儲かる。②崇められると気分がいい。などの理由で、「救うてやる」といい、「愛が重要である」とか「仲間は大事だ」とか「平和がよい」などといった一般論を言い立て、自己を神格化する。Go to hell.

って俺はなにを言っているのか。

そう山頭火はそんな屑ではなく、もっと真面目だったということである。

だけどそこで、完全な愚や狂を装い、答えないで逃げる、ということができないのもまた山頭火であった。人に関係を求められればこれに応えたい。

放哉のように固く自己に閉じることができないのである。そこで山頭火は、習得した禅の知識でこれに回答したのである。

禅語というのは便利なもので、これを使うともの凄く智識のある人に見える。夏目漱石の「吾輩は猫である」では、猫が禅語を連発して、「猫、すげぇ」となる。なぜかというと何を言っているのかわからないからである。わからないけどなんか奥が深そうで、すげぇ。と思わせようと思ったら禅を習って禅語を覚えておけばよいのである。だから、カリスマロッカーを目指す人は禅を習うとよいと思う。

もちろん山頭火はそんなつもりでけなく、そのときは真剣に考えて答えたのであろう。山頭火の頭の中にはそうした観念がギュウギュウ詰まっている。そこから、「平常心是道」「逢茶喫茶、逢飯食飯」という言葉を取り出して、「道とは何でせうか」と問う男に与えたのである。

流石である。だけど俺は同業の中でもアホな方なので意味がわからない。そこで安直に検索してみると、「逢茶喫茶、逢飯食飯」というのは、間違ってたらすまない、茶ァがあったら、よそ事を考えず、それに集中して茶を飲め、飯もそう。目の前のこと以外のことを考えるな、神経をそこに集中せぇ。てうしたら急速に開けてくる世界があんにゃ、みたいなことらしい。そして、「平常心是道」というのはなにかというと、これは、特殊な、ガンギマリのような状態は悟りではなく、普通の状態であることが悟りである、ということで、なら普通にしてたら悟ってんのか、というとそうなんだけど、そう思った時点で、というのは悟りを意識した時点で悟りを志向したという時点でやはり傾いているから普通という平衡を保った状態ではなく、じゃあ悟りとか思わず、普通にしてたらいいんですよね、というとそうだけれども、やはり人間というのは異常に酒を飲んだり、異常に焼肉かラーメンを食べたくなったりするので注意が必要ですよね。でも注意もし過ぎると異常になるので難しいですよね、みたいなことらしいけれども、こっちは多分、俺の解釈は間違っているような気がする。

そしてまた、「心は何処にありますか」という問いに対しては、「自我偈を読誦しろ」と言っている。自我偈というのはなにか。それは俺は知らん。そこでまたぞろ安直に検索してみると、それは「如来寿量品」というお経のことで、なんでも全部で二十八章ある法華経の中でここが一番重要で、これさえ読めばまあ大丈夫ですよ、みたいなことらしい。そいでなにが書いてあるかを一言で言うと、「佛は凄いからこれを信じて善い行いをせえ。」ということで、では善い行いとは何かというと、「佛を信じて拝むこと」みたいなことで、はっきり言って「心は何処にありますか」という問いに対する答えにはぜんぜんなってない。

だからこれはもう山頭火としては、或る種の、すかし、というか、だから最初に、「あなたは法華宗ですか、では」と断っているのであり、これはつまり、心は何処にあるか、とかそんなことを考えても結論は出ず、下手をすると魔境にいたって気がおかしくなるので、『如来寿量品』かなにかを唱えていれば心が落ち着きますよ」くらいのことを言ったに過ぎないように俺には思へる。

そして山頭火はこれらの問答の後、「私は歩きつゝ微苦笑する外なかつた。」と書いている。多分、言ったことが伝わってないというか、相手はもっと明快な答えを期待していたのにもかかわらず、なにかはぐらかされたように感じたのではないだろうか。

この時の山頭火の微苦笑を文字で書くと、どのように書くだろうか。「おほほ」だろうか、それとも、「えへへ」だろうか。

私ならこれを、「くほほ」と記す。現今の人なら、「テヘペロ」と書くかも知れぬが、これがもっとも山頭火のこの時の心情を表しているかも知れない。なぜというに、それを教えた山頭火こそが、それを実践できていないからである。それゆえ、山頭火が発した言葉、ことに「平常心是道」というのは、自分で言っておきながら自分に響いて、自嘲的な気持ちになった。だから本来であれば苦笑するところ、俳人である山頭火は、自己をひとつの景色として眺める癖があるため、そこに諧謔味も感じ、そこに微笑が混ざって微苦笑となった。

だからもし、その「妙な中年男」が漫才の技法を習得していたなら、山頭火が微苦笑する前に、「わかっとるわいっ」と、所謂、突っ込み、を入れたのではないかとも思われる。

自分が本で学んだ観念的な知識をどうやって現実の辛苦に落とし込んでいくか。本来、仏の教えとは生の苦しみから衆生を救う。苦しみを滅するためにあるのだろうけれども、その前提としてある苦しみの感触は、歩き始めた当初、思っていたものとかなり違う。そんなことを山頭火は歩きながら感じるようになっていた。

まゝよ法衣は汗で朽ちた

というのはこの日の「行乞記」に記された句。汗を掻く身体に法衣を纏えばその人は人からは僧に見え、僧として遇されるし、自分も僧になった気分になる。だけど、汗で法衣が汚れ朽ちることもあるのである。

「うしろ姿のしぐれてゆくか」㈡

行乞の天国と地獄

観念で克服できぬ生の苦しみ、それはもうはっきりいって労苦であり、病苦、生活苦、である。普通の人はそんなものを抱えて生きている。そんな人が救いを求めるのは、生活を放棄してそのようなことから超越している人である。だけど、そもそもその人が生活を放棄できるのは、そうした苦しみを抱える人が喜捨したり、実家が王族か貴族でなんぼでも金があるからである。

「行乞記」には、行乞相、という語が頻繁に現れる。「今日の行乞相はたしかに及第だ」「今日の行乞相は、現在の私としては、まあ満点に近い方だつた」「今日の行乞相はよくもわるくもなかつた」「午前中の行乞相はたいへんよかつたが、午後はいけなかつた」なんてな具合で、まるで天気がよかった／わるかった、というような調子で、よかった／わるかったと記してある。

というのは山頭火の行乞が単なる乞食ではなく修行であることの証拠で、ただの乞食であれば多くの銭を貰えれば貰えるほどよい、ということになるが、行乞相という概念を前提に考えるとそうではなく、それよりももっと重要なことが、貰う側と与える側にあるのである。

その重要なこととはなにか。

はっきり言おうか。言おう。

俺にはそれがわからない。

「おまえ、なめとんのか」

「なめてません」

「ちょっと事務所、来いや」

というやり取りの後に起こった事、または起こるであろう事。とそして今、この瞬間、私が語っていること。この時、なにをもっとも大事にしなければならないか、いやさ、なにが存在するか、と言うと、もちろん、今、この瞬間、語っていることが大事である。それが山頭火が、「一歩々々には古今なく東西なく、一歩即一切だ、こゝまで来て徒歩禅の意義が解る。」と言ったことなのだろうか。多分、ちがふと思ふ。

だから、行乞相については山頭火が書いていることをそのまま書き写すことにする。例えば山頭火は、行乞相がいゝとかわるいとかいふのは行乞者が被行乞者に勝つか負けるかによる、いひかへれば、心が境のために動かされるか動かされないかによる、随処為主の心境に近いか遠いかによる（その心境になりきることは到底望めない、凡夫のあさましさだ、同時に凡夫のよさだ、ともいへやう）

と記している（昭和五年十一月七日条）。

なにを言っているかというと、

簡単に言うと、くれや、という卑屈、やるという傲慢。そんなもんやない。それをお互いに越えていけるかどうか、ということだろう。だけど、「黒の舟唄」じゃねぇけれど、渡して能動的にふるまう者と、貰う、という受動的な立場の者との間には、男と女の間にあるのと同じ、深くて暗い川がある。

「行乞記」を読むと、思ったこと感じたことをあまりにも其の儘、書いていることに驚く。書く場合、普通なら、写真を撮られる際、なるべくいい顔で写ろうとするのと同じように、なるべくかしこだと思われるように、思ったことのうち、アホなことは除外して書く。

古いお寺に参り、ありがたい仏様を拝む。そのとき、強く思ったのは、「小便したいな」

ということと「あこに立ってるねぇちゃん、ええ乳しとんなあ」ということであった。そして、「仏像。いいよね」とかすかに思った。

だけどそれを後日、文章に書く際は、小便のことや乳のことはまったく触れず、仏像の尊さ、のみを、あり得ないくらいに誇張して書くのが普通である。しかるに山頭火は、小便も乳もみな書いている。

それが「行乞記」の凄いところで、俺なんかからしたらこれは、「書写禅」である。つまり他にどう思われよう、ということがない。だけど、自分がなにかを思うことからは免れない。なんぼ経を唱えても銭を呉れない（これを「御免」と謂うらしい）、呉れても一銭とかだったらむかつく。五十銭とか呉れたら、むっさlucky、と思ってしまう。

こういうことを思ってまうこと自体が、行乞相が悪い、ということらしいのだが、もちろん、記したからいいだろう、というものではなく、滅却しようと思っても思っても、自分のなかから湧き出してくる人間的なものに山頭火は辟易し、疲れていくのである。

そしてそんな時、山頭火が欲するものはなにかというと、それはもういつもの如く、酒、である。

酒を飲めばそうした迷いも苦しみもなくなって、眠りに落ちていく。その瞬間こそが山頭火にとっての極楽で、どうしてもこれを手放すことができない。そして或いはまた、風呂。

或いはまた、人間らしい意識を持たぬ天然自然の動植物に同化して、人間であることから逃れること、これが山頭火の俳句の目指すところであった。

というてもうてええのか。また事務所に連れて行かれるのか。いやさ、そんなことを懼れていては駄目だ。恐れずに立ちむかへ、君が代。角山宰逸。あかぬ、錯乱してきた。

いやだからそうではなく、つまり、この頃、山頭火には、とにかく緊急的に、できれば毎日、酒を飲む必要があった。うまい、と思う清酒であればよいが、仮に、あまり好きでなく、まずい、と思う焼酎でもよいから行乞の嫌さから逃れるために飲む必要があった。だけどそのためには銭がいる。一夜の宿代が四十銭なのに、清酒を三杯かそれくらい飲むと、三十銭くらいかかる。ということは七十銭が必要になる。

行乞で嫌な思いをして、その嫌さを解消するために酒を飲むのだけれどもその為には行乞をしなければならない。そうすると嫌な思いがまた増えるから、さらに酒を飲んで……、という、ストレス解消＝酒とストレス蓄積＝行乞のイタチごっこみたいな状態に陥っていくのである。

もちろん本人がそれに気がつかないわけがなく、この時期、山頭火はもうそれが嫌になっていた。

その状態に陥った山頭火を救うのは誰か。そう、句友・俳友である。

昭和五年十一月十五日には、かねてより郵便で予定を打ち合わせてあったのだろう、大分は中津の松垣昧々の方を訪れ二泊している。

この間、山頭火は調子に乗る。乗りまくる。前日の十四日から、「昧々さんとの再会や何や彼や――を考へて興奮したからだらう、二時頃まで寝られなかつた」と書き、十五日の朝は、

いよ〳〵深耶馬渓を下る日である、もちろん行乞なんかはしない、悠然として山を観るのである、お天気もよい、気分もよい、七時半出立、草鞋の工合もよい、巻煙草をふかしながら、ゆつたりした歩調で歩む、

なんつってるから県道28号線を歩いていったのだろうが、もうこの時点でかなりいい感じである。そうして松垣昧々の自宅に行き、その日はガンガン飲んで、喋って、極楽気分で寝てしまう。

ええ感じの布団でええ感じに横になり、枕元には、置いておいてくれた寝酒。そこで感激して一句、「寝酒したしくおいてありました」最高やんけじゃん。そして、十六日は、

朝酒、何といふうまさだらう、

と慨嘆し、味々と散歩。酔うた勢いで、木村宇平の家に押しかけて昼酒、さらに酔うた勢いで村上二丘の家に行き、夜は料亭に行ってフグチリを食べながら句会をやりやがっている。

しぐるゝや供養されてゐる

というのは自分のことだろう。しかし、斯ういふときに、やばいなあ、という感覚も山頭火にはある。ゆえ、ちょっと正気なところを見せようと、

春風秋雨　花開草枯
自性自愚　歩々仏土

とか、

酔来枕石　谿声不蔵
酒中酒尽　無我無仏

なんて、偈、ちゅうやつ、則ち経文の本質の部分を詩みたいにしたやつを拵え、そして直ちに、智識を振りかざす態度が面映ゆくなったのか、

メイ僧のメンかぶろうとあせるよりも
ホイトウ坊主がホントウなるらん

なんて戯歌を拵えて、中和を図っている。

そしてかなりいい感じになって、酒癖の悪いところをみせ、翌日、後悔するのはいつものこと。目覚めて、「ああ、えらいこととしてもおた」と後悔しつつ、枕元をみると、水と酒が置いてある。そして、

朝酒は勿躰ないと思つたけれど、見た以上は飲まずにはゐられない私である、ほろ〳〵酔うてお暇する、

と考えてこれを飲み、味々方を辞去する。で、それで山頭火が、

「さ、これで元気になった。明日からまたモリモリ行乞するぞー」

となったかというと、ならない。それどころかこのように、朝から飲めて、昼はブラブラ散歩、その間も気の合う仲間と歓談、夜はフグチリで一杯やりながら句会、いい気持ちになってフカフカの布団で寝る、みたいなことをやった後で、結構な確率で嫌な顔をされながら人の家の門口に立って経を唱え、ようやっと小銭を稼いで木賃宿に泊まり、うまいと思ってではなく、辛さから逃れるためだけのアルコールを、ようやっと一杯のみ、薄い布団にくるまって睡り、目覚めれば絶望的な気分で草鞋を履き、雨に打たれ、風に吹かれ、寒さに震えながら歩き続ける、みたいな生活に戻っていくのだからやりきれない。

これだけでよろしい、これだけ以上になつては困る。……

と自分に言い聞かせながら出立するも、「とても行乞なんか出来るものぢやない、」「どうしても孤独の行乞者に戻りきれないので閉口々々。」となって、そして十一月十九日には、

嫌々行乞して椎田《しいだ》まで、もう我慢出来ないし、門司までの汽車賃だけはあるので大里まで飛ぶ、そこから広石町を尋ね歩いて、源三郎居の御厄介になる、

ということになる。この源三郎というのは、『層雲』の同人、久保源三郎という人らしい。それから、「たらふく酒を飲ませていたゞいて、ぞんぶん河豚を食べさせていたゞいて、そして絹夜具に寝せていたゞい」て、翌廿日、朝風呂に入れてもらって金を借り、それから廿二日、下関に渡り、兼﨑地橙孫方を訪問し、そいで廿三日は、十九日に行ったときにそんな話になったのだろうか、午前十時、門司の久保源三郎のところへ行って句会っちゅうことになるんやけど、急な話だったからか、集合したのは源三郎と山頭火だけで、二人では句会にならないから山に登って遊んだ。

「バンドやろや」と言い、集まったが、なんだかただの飲み会になってしまった、みたいなことか。その日は地橙孫の家に泊まり、翌廿四日は、汽車賃、弁当代をもらった。これについても山頭火は、

すまないとは思ふけれど、汽車賃はありますか、弁当代はありますかと訊かれると、
ありませんと答へる外ない、

と、「まさか、嘘は言えんでしょう」みたいな言い訳をしている。そして、どうするかというと、行乞をしないで門司へ渡り、汽車に乗って八幡まで行き、飯尾星城子宅を探して尋ねる。もうなんていうか、休み癖がついてしまっているのだ。

こうなると、もうなんていうか、連休明けというか、仕事をやる気が皆無になる。

飲んでも〳〵話しても〳〵興はつきなかつた、それでは皆さんおやすみ、あすはまた飲みませう、話しませう（虫がよすぎますね！）。

みたいなことになる。そして、その挙げ句、そうやって仲間に飲ませてもらい、寝せてもらい、楽しく過ごしていることについて、「俺はなにをやっとるんだ」という気持ちになり、

省みて、私は搾取者ぢやないか、否、奪掠者ぢやないか、と恥ぢる、かういふ生活、かういふ生活に溺れてゆく私を呪ふ。……

と記す。

だったらやめて行乞に戻ればよいのだけれども、翌廿五日も、みなで草の上に座って昼から飲み、水源地に行って苺を摘んで笑い、まるで春のやうな散歩をして、料亭で夕飯を食べて、夜は十二時近くまで句会、ノリノリで飲みまくり、喋りまくって、それからさらにおでん屋で飲んで、泥酔して寝た。すげえ奴である。

そしていよいよ宴会中毒のようになり、廿六日は、

歩いてゐるうちに、だん〱憂鬱になつて堪へきれないので、直方《のおがた》からは汽車で緑平居へ驀進《ばくしん》した、

と記す。そう、もはや行乞の苦しみとひとりでいることの寂しさに堪えられなくなった山頭火は、友人中の友人、山頭火甘やかし軍団のラスボスとも謂ふべき、木村緑平方に「驀進」したのである。

「うしろ姿のしぐれてゆくか」㊂

歩くのがいやになった

長いこと歩き回って疲れ果てた山頭火は昭和五年十一月二十六日、福岡は糸田の木村緑平方に驀進する。このとき既に山頭火は、もはや歩くのをやめたい、と考えていたようだった。

じゃあ、どうするのか。還俗して就職するのか。いやそうではなく、山頭火は或る事を考えていた。それは佳きところに草庵を結び、そこに定住して読経と俳句三昧の日を送り、それでなんとか生を完成させて死を迎えようという考えで、とにかく山頭火は歩くことをやめたかった。一箇所に留まって、疲れ切った身体を休めたかったのである。

だけど、はっきり言って、それには金がかかる。

気に入った土地があり、「あー、ここ、いいわー」と言って、そこにテキトーに小屋を建て、なんやら庵、と書いた札をぶら下げて、住むということはこれはできない。なぜなら土地には必ず所有者があり、それ以外の人が無断でそれを使用することはできず、そうしたければ所有者と交渉して買うか借りるかしなければならないからである。となれば頼れるのは木村緑平しかいない。だから驀進した山頭火の、その驀進力には、ただ単に、「つらい行乞の労苦から逃れて酒を飲み、話をし、眠りたい」というだけでなく、「草庵のことについて相談したい」という気持ちもあっただろう。

山頭火が後に書いた随筆を元に想像を交えて書くと、以下のような感じであろうか。

山頭火は疲れ切って糸田の木村緑平方に到着した。そのとき緑平はなにか予感のようなものを感じ、門口に立っていた。そうしたところ、道の向こうから旅の僧が歩いてくるのが見えた。「やはり、そうだったか」。喜んだのも束の間、彼が近づいてくるにつれ、緑平は深い悲しみを覚えた。なぜなら、久しぶりに見るその僧が、ひどく老け込み、また疲れ切っているように見えたからである。

山頭火は緑平と対面するなり呟くように言った。

「歩くのが嫌になつた。」

緑平は言葉少なに答えた。

「あんたがほんとに落ち着くつもりなら。」

山頭火の中で張り詰めていたものが一気に緩んだ。

実際はもっと多くの言葉が交わされ、草庵のことが話されたであろうが、山頭火にとって緑平は、これほどの言葉で、わかってもらえる、相手であったのであろう。これにより山頭火の頭の中にだけあった、「行乞をやめて草庵を結ぶ」という考えが、現実的な課題となった。

此の後、十二月二日、山頭火が木村緑平宛に出した書簡に、

年内には是非熊本まで帰りますつもり、そして草庵を結ぶことに努力しますつもり、それで、九州ではあなた、中国では白船君しか私といふものを解して心配してくれる方はありません、まことに我儘な勝手な事をお願ひしてすみませんけれどどうぞよろしく御心配して下さいますやうに千万お願ひいたします。(―中略―)一日早ければ一日の幸福、一日も早く一室一人の自分として生きたいと熱望してをります。

と記している。もうどうしても草庵を結ぶ、という山頭火の意志と希望が合わさったような思いが伝わってくる。

で、手紙にあるように、この後、十二月十五日に山頭火は熊本に戻った。やはり旅の空にあっては、多くの人に連絡を取り、現実的に事を進めるのが難しいからである。

さあ、そうならば、行乞の動機は当然、希薄になる。そう言えば十一月二十七日は、木村緑平方にもう一泊している。「行乞記」には、「奥さんが蓄音機をかけて旅情を慰めて下さる」とある。二十八日の朝の八時には緑平方を出て「どうも近来、停滞し勝ち」「あんまり安易に狎《な》れたやう」と思い、行乞をするのだけれども、緑平が旅費を呉れ、二十五日には八幡市の飯尾星城子にも草鞋銭をもらっているから、「とても行乞なんか出来るものぢやない」という気分になり、楓を眺めて清閑を楽しんでいる。その日はボクチンに泊まり、一浴一杯で我慢する。だけど二十九日は木村緑平方で句会で、昼間は頑張って三時間、行乞し、夜、緑平方に集まり、久保源三郎、近藤次良《じろう》、山頭火、緑平の四人で句会を楽しんで、その日は当然、緑平方に泊まっている。

翌三十日は雨で、だから行乞なんてできない。また、「行乞記」には曜日が記してないが、この日は日曜日だったので、「主人公と源三郎と私と三人で一日話し合ひ笑ひあつた、」とあり、夕方まで緑平方でウダウダしていた。それに続けて、「わかれ〳〵になつて、私はこゝへきた、そして次良さんのふところの中で寝せてもらつた、昨夜約束した通りに。」とあり、そのまま次良方へ直行している。

そしてまたこの文章をＢＬ好きの婦女が読むと、「え、そういうことだったの」と思うかも知れないが、そういうことではなく、二十九日、糸田からほんすぐの後藤寺に住む近藤次良は、「ほな、僕、近いんで帰ります」ってことになり、「山頭火さん、明日はウチ来てくださいや。約束でっせ」と言って帰り、その言葉通りに訪ねていったという訳で、山頭火はそのとき、「来ちゃった」とは言わなかっただろうが、酔余の言ではあるので、まあ、半分はそんな気分だったのかも知れない。

そしてこのとき家には次良と猫しかいなかった。どういう事かというと、「次良さんは今日此頃たつた一人である、奥さんが子供みんな連れて、母さんのお見舞いに行かれた留守宅である、」とあり、つまり、妻子が母親の見舞いのため実家に帰って家にいない、ということらしい。だけどそのことで次良が非常に寂しがっていることが、行乞記の記述の隙間からうかがえる。

この次良方には、十二月三日まで四泊している。山頭火がこれまで句友の家に泊まる場合、普通で一泊、まあ無理して二泊が限界で、三日目の朝には行乞に出るのだけれども、ここに四泊もしているのは、妻子がおらぬ、男の侘しい一人暮らしに、山頭火の方で遠慮する必要がなかったのと、次良の方にも、「寂しいよってに行かんといてくれ」という気持ちがあったからであろう。

次良は行商人で楽な生活ではなかった。山頭火も行商人だったし、山頭火の意識の中で、行乞の技術の中には行商の技術も含まれていただろう。そういう点において、次良の孤独と悲哀に、自身を重ね合わせ、同類の気安さから油断して四泊もしてしまったのか。わからない。俺にはなにもわからない。

十一月二十九日の「行乞記」には、「真面目すぎる次良さん」とあり、翌三十日条には、「次良さんはほんたうに真面目すぎる、あまりつきつめて考へてはいきてゐられない、もつとゆつたりと人間を観たい、自然を味はひたい、などゝ忠告したが、それは私自身への苦言ではなかつたか！」とあり、十二月三日には、次良について、「次良さんは善良な、あまりにも善良な人間だ、対座して話してゐるうちに、自分の不善良が恥づかしくなる、おのづから頭が下る――次良さんに欠けたものは才と勇だ！」と記している。

妻子が去った次良方には猫が一匹いた。この猫についても山頭火は記している。

> 猫が一匹飼うてある、きいといふ、駆け込み猫で、おとなしい猫だ、あまりおとなしいので低脳かと思つたら、鼠を捕ることはなか〳〵うまいさうな、能ある猫は爪をかくす、なるほどさうかも知れない。（十二月一日）
>
> 毎朝、朝酒だ、次良さんの厚意をありがたく受けてゐる、次良さんを無理に行商へ出す、私一人猫一匹、しづかなことである、（十二月二日）

「駆け込み猫」というのは勝手に家に入ってきて住み着いた猫ということだろうか。また、当時は当たり前だった「低脳」という言い回しを今読むと、俺なんかが子供の頃、まだテレビやラジオで演じる人のあった「低脳節」などが想起せられ、たいへんあじわいがあるが、それにつけても、主のいない家で、情けないおっさんと猫がなにもしないで宵まで過ごす、その姿に、しみじみとした共感を覚える者は倖いであるのか、それとも敗残者なのか。

物思ふ膝の上で寝る猫
寝てゐる猫の年とつてゐるかな
猫も鳴いて主人の帰りを待つてゐる
人声なつかしがる猫とをり
猫もいつしよに欠伸するのか
猫もさみしうて鳴いてからだすりよせる
いつ戻つて来たか寝てゐる猫よ

なんて句は、俺のような、ろくに働かないで怠けてばかりしてきた人間のクズには思い当たる節がありまくる句である。

そして山頭火は十二月二日、以下のように記す。

私はいつまでも、また、どこまでも歩きつゞけるつもりで旅に出たが、思ひかへして、熊本の近在に文字通りの草庵を結ぶことに心を定めた、私は今、痛切に生存の矛盾、行乞の矛盾、句作の矛盾を感じてゐる、……私は今度といふ今度は、過去一切——精神的にも、物質的にも——を清算したい、いや、清算せずにはおかない、すべては過去を清算してからである、そこまでいつて、歩々到着が実現せられるのである、……自分自身で結んだ草庵ならば、あまり世間的交渉に煩はされないで、本来の愚を守ることが出来ると思ふ、……私は歩くに労れたといふよりも、生きるに労れたのではあるまいか、一歩は強く、そして一歩は弱く、前歩後歩のみだれるのをどうすることも出来ない。……

行乞の矛盾とは、ずばり言ってしまえば銭金というものが強大な力を持って、精神的営為に影響を及ぼすことによって生まれる矛盾であろう。清浄に生きようとすれば汚濁に塗《まみ》れなければならない。なぜなら自分ひとりが清浄であったとしても、喜捨に頼って生きて居る以上、その喜捨をしてくれる人の汚濁を許さなければならない。

それは例えば脱原発を唱えるフェスを開くために原発を動かさないと経営が成り立たな

い電気事業者から資金の一部を出してもらうようなもので、絶対的な矛盾がある。だけど、現実はそうなのである。自分が迷いを捨てるために迷っている人に金をもらう。しかも下に見られながら。「それってどうなん?!」とどうしても思ってしまう。そして、その両者が人間である以前に動物・生き物で、自己保存本能を有している。

そんなことで十二月十五日、山頭火は熊本に帰還する。

昭和五年九月に旅立って十二月に帰還したのだから三か月間の行乞流転であった。

その間は宿にも泊まるが、大体は友人宅に泊まって、熊本に向かって南下しつつ、今後の事について考え続けている。

まあ、それは右にも言うように草庵を結ぶということなのだけれども、それに必要な銭どころか、十二月十二日条には「酒一合飲んだらすつかり一文なしになつた、」とあり、草庵どころか、「明日からは嫌でも応でも行乞を続けなければならない。」ということになる。

だけど、それを考えると、どうしてもこれからの自分の在り方について考えてしまう。

これに続けて、

行乞! 行乞のむづかしさよりも行乞のみじめさである、行乞の矛盾にいつも苦しめられるのである、行乞の客観的意義は兎も角、主観的価値に悩まずにゐられないのである、根本的にいへば、私の生存そのものゝ問題である。

と記している。山頭火は行乞の中に没入することができない。「どうしようもないわたしが歩いてゐる」というときの、どうしようもない私、が、生存そのもの、であり、矛盾なのである。

だから山頭火は、草庵に定住することによって、矛盾を孕む行乞を廃《よ》そうと考えているのである。

だがそれが甘い考えであることには違いない。それは日払いでかかる宿代を月払い、年払いにして、当面の労苦を免れようという生活の手段に過ぎぬからである。だけど、俺らはみんなそうやって生きている。だから俺らが山頭火に上から、「甘い」と言い、「いつまでも乞食坊主でいろ」と言い、「行乞流転してよい句を作れ」と言ったとしたら、それはとんでもない傲慢である。そのような市民的な目つき、口ぶりの中にこそ、山頭火を苦しめた行乞の矛盾はまた存していたのだろう。

山頭火はこの間、生活、という事について考えている。考え続けている。それはかつて山頭火にとって忌むべきものであり捨てるべきものであった。

十二月五日、三宅酒壺洞方の句会に出るため福岡に行き、その都会ぶりを賛美し、若い女の美しさに感嘆した山頭火は、以下のように記す。

存在の生活といふことについて考へる、しなければならない、せずにはゐられないといふ境を通つてきた生活、『ある』と再認識して、あるがまゝの生活、山是山から山非山を経て山是山となつた山を生きる。……

役所のヒケのベルの音、空家の壁に張られたビラの文字、――酒呑喜べ上戸党万歳！……たゞこの二筋につながる、肉体に酒、心に句、酒は肉体の句で、句は心の酒だ、……この境地からはなか〳〵出られない。……

ものすごくありふれた当たり前のもの、またはおもっくそダサいもの、そういうものが所謂、一周回って格好いいんだよねー、みたいなことを言っているのかも知れないが、行乞記は、普通の文章だと句点のはいる感じのところにも読点が打ってあることもあって、「ちょっとなに言ってるかわからない」。

だけど、この文章と合わせて読むとどうだろうか。

すぐれた俳句は――そのなかの僅かばかりをのぞいて――その作者の境涯を知らないでは十分に味はへないと思ふ、前書なしの句といふものはないともいへる、その前書とはその作者の生活である、生活といふ前書のない俳句はありえない、その生活の一部を文学として書き添へたのが、所謂前書である。

ところがこれを俳句を拵える、という観点から読むと、前書きの重要性について山頭火が述べたものと読めるが、右の文章と昭和五年十一月七日頃から十二月初め頃までの山頭火の心の動きに即いて読めば、前書きならで、生活といふものの重要性、について述べているように思われ、そうすると先の禅的でよくわからなかった文章の意味もなんとなくわかるような気がする。

すなわちそれは、そう、財貨を所有して生じる心の穢れ、曇り、迷い、惑い、から逃れるためにすべてを捨てた後、そのことから生じる、心の穢れ、迷いを捨てるため、捨てたものをもう一度拾って使用することは、最初と同じ迷いを迷うことではない、というある意味、煩悩の再処理工場、みたいなことではないか、ってことである。

うろおぼえで申し訳ない、万物は流転して一瞬も留まることなく、その様はまるで暴流の如くである。という教えがあると聞いたことがある。ならば人間の思考や行い、なんてアヤフヤなものが一貫しないのはあたりまえである。それを「テキトーな奴」と言ってバカにしたり糾弾したりするのは簡単である。だけど、一貫している奴の方が逆に嘘つきであると俺は思う。それどころか自分のなかにある矛盾を人に負わせて、自分だけスッキリしているクズ野郎なのではないか。そいつらに対してイエスは、「偽善の律法学者、腐れ儒者、ファリサイ野郎」と言ったのではなかったか。行乞しかない↓行乞は嫌だ。こんなことは一日四十回くらい俺らの心のなかで起こっているできごとだ。だけどそれを言葉と行いにするということは普通は出来ないことで、そしてそれをやると人に嘲られ、罵られる。これこそが行乞の矛盾であり、文学の矛盾であると「俺は思うぜ夏の寒い日」。

十二月十三日夕、山頭火はついに大牟田に至った。ここまでくれば熊本はすぐそこである。ここに宿を取った山頭火は以下のように記す。

夜、寝られないので庵号などを考へた、まだ土地も金も何もきまらないのに、もう庵号だけはきまつた、曰く、三八九庵。

「うしろ姿のしぐれてゆくか」㈣

自嘲

昭和五年十二月十五日、山頭火は熊本に帰還した。行乞の矛盾に突き当たり、ほとほと嫌になっての帰還であった。

だけど今更還俗して地道な商人にもなれない。そこでよき場所に庵を結び、その日の宿代と酒代と飯代を稼がないと死ぬ、みたいなことではなく、寝場所だけは確保したい。つまり拠点を作りたい。そのための帰熊であった。ここでも頼るのは、頼れるのは友人のみなので小藪馬酔木を訪ね、飯を食い、だけど泊めて貰うことはできず、また所持金で泊まれる安宿が見つからず「まゝよ、一杯ひつかけて」駅のベンチに寝ころんだ。

しかしそんなことを続けるわけにもいかないので安宿を教えてもらってこれに泊まった。

その後も山頭火は庵を結ぶのにふさわしい土地を見るなどして、結庵という目標を忘れたわけではない。

この間の山頭火の行動は選択肢が少ない、行くことができる場所が限られている、大きくて具体的な目標がある、という点で今、我々が時折目にするゲームに似ている。1ともだちに会う、2行乞をする、3雅楽多に行く、くらいしかないからだ。そしてゲームの最終局面では庵を建築し、人間の完成・句の完成を目指すのである。

だけど当たり前の話だが、現実は複雑でゲームのようにはいかず痛苦と困難に満ちている。だから人はゲームにする。或いは酒を飲む。或いは狭斜の巷に一夜の愉楽を求める。

だけど山頭火はそれすらできない。

そこで考えたのは、というか熊本に帰る前から考えてはいたのだろう、三八九《さんぱく》という題の小冊子を発行してその収益を当面の生活費として、ゆくゆくは草庵を結ぼう、と考えたのである。

とこれを書いていて、昔、友人が同じようなことを考えたのを思いだした。俺はそれに協力して、なにかを手伝ったのだがなにを手伝ったのかは忘れた。だけど俺はそいつが語る見通しを非常に甘いものに感じた。だから「世の中そんな甘いもんじゃないぜ」と言いたかった。でも言えなかった。なぜならその頃の俺は、そいつと同じか、そいつ以上に世の中をしらず、世の中をなめたような生き方をしていたからである。

ところが、結論から言うと紆余曲折がありながらも、山頭火はこれに成功した。

以下は発起人の久保白船、石原元寛、木村緑平の名で各方面に送られたパンフレット発行趣意書の一部である。

さて、山頭火翁は長らく旅から旅へと行乞流転してゐられましたが、このたびいよいよ熊本に旅の草鞋を脱がれることになりました。つきましては、翁の日々の米と塩を備へる意味に於て、『三八九』会を組織し、会誌三八九を発行してもらうことを発起しました。

というのはつまりネット上で動画やテキストの配信をやって、企業や個人から金をもらう、という、いま流行りのビジネスは媒体こそ違えど、この頃からあったということである。

そして山頭火自身が付した挨拶には、

私もやうやく熊本に落ちつくことが出来るやうになつて喜びに堪へません。いづれ草庵を結ばなければなりませんが、その前に当座の生活問題として、私のための会を組織していたゞいて月刊パンフレット――それは私自身のやうに貧弱なものでありませうが――を発刊することになりました。私を解し私を愛して下さる方々の御援助をひたすら願ひます。

とある。

それはとてもいい考えだと俺は思う。いきなり土地を借りて草庵を結ぶとなれば何百円単位の金が要る。いくら友だちでもそんな大金を集めるのはやはり難しい。だけど一円の会費くらいなら出せる。パンフレットを出すのは結庵に比べればそんなに難しいことではない。

だけどそれには最低限必要なものがいくつかある。

なにかと言うと資金が必要である。例えば、翌年の十五日に発行を目指していた山頭火の大晦日の所持金は四銭であったが、四銭でパンフレットは作れない。そこはやはり、俺にはよくわからないが五円か十円くらいはかかったのではないか。

それから場所がいる。この時点で山頭火は家がなく、友人宅に泊まる、友人に金を借りる。行乞をするなどして安宿に泊まる、駅のベンチなどで野宿をする、恥を忍んで元妻・サキノの家に泊めて貰う、しかなかった。何れの場所においても、編集作業をしたり、印刷をしたりするのにふさわしくない。駅のベンチで印刷していたら、「退け」と言われ、野宿しながら原稿を広げて整理をしていたら泥で汚れたり風に吹き飛ばされたりするし、友人宅で印刷をしていたら、その家の嫁はんに「畳が汚れるからやめてください」と言われるだろう。

だから庵とまではいかぬまでも最低限、間借りをする必要があった。

そしてまたその印刷の道具が必要だ。『三八九』はガリ版刷で二十頁ほどのものだったらしいが、このガリ版の道具が必要だったのである。

ガリ版というのはどういうものかというと、俺なんかが小学生の時、テスト問題やプリント教材は担任の先生が自らこれを作ったが、その際に用いられたのがこのガリ版刷である。

高学年になると日直がこれを手伝わされることもあり、俺もやったことがある。昔のことで、しかも昔からこういう地道な作業が苦手な俺は、かなりテキトーにやって中途でクビになったので、はっきり覚えていないのだけれども、原紙というパラフィン紙みたいな紙をやすりの上に置いて鉄筆という先が尖ったインクの出ないペンでガリガリ字を書いていく、そうすると原紙に字の形に疵が付く。そしたら次になにかホットサンド作り器を二回り大きくして、蓋のところを網にしたような木製の枠の上に白紙を置き、原紙を置き、蓋を閉めて、インクをつけたローラーで擦る。そうしたところ白紙に文字が印刷されるのである。

これを俺がやると鉄筆の力の加減ができず、そおっとやると削れず、ならばと力を込めると原紙が破れた。同じように苦しい体験を元にした英国のロックバンド、ピンク・フロイドは名作「原紙辛抱」を制作したと思いたいが、それは俺の願望に過ぎない。

ということで、そのガリ版の道具が要る。

しかしそれもなかなかだったようで、一月半ば過ぎになっても、「ヤスリ板がまだ借れません」という内容の葉書を木村緑平に出している。

そしてその間、大半以上の原稿を書かなければならない。

そしてまずなにより先に寝場所、これは仮に三八九を出さなかったとしても必要なもので、あちこちを回って、ようやっと十二月二十四日、「春竹《はるたけ》の植木畠の横丁で、貸二階の貼札」を見つけ、ここに落ち着くことになった。もちろんカネはないので木村緑平に借りて。うくく。

二十二日は宿屋、二十三日は元妻・リキノのところに泊まって死ぬほど気まずかったので、三八九のこと以上に山頭火はほっとしたことだろう。

そうして十二月二十七日には、

ハガキ四十枚、封書六つ、それを書くだけで、昨日と今日が過ぎてしまつた、それでよいのか、許していたゞきませう。

と書いているから二日かけて再始動の知らせ、拠点を設けてやってやるぜー、という決意をフォロワーに示したものと思われる。

このところがどんなところかはわからないが、「前後植木畠、葉ぼたんがうつくしい、」と書いてあるのはつまり植木屋はんが植木を保管しておく畠だったのだろう、って当たり前のことをゆな。けどそれは庭園としての美しさはなく、全体を見渡せばざっ風景なものであったであろう。そのなかで葉ぼたんに集中して美を見出すのが俳句なのだろうか。わからない。俺にはなにもわからないが、山頭火は念願の「自分のベッド」をゲット、これを「三八九居」と号《なづ》けた。

という訳で山頭火は『三八九』を出すのに当面必要なものをすべて揃え、ついに昭和六年一月二十九日に『三八九』第一集を刊行したのである。

それにより山頭火はなんとかやっていけそうになった。

定住したとはいえ、誰も山頭火のような生き方はできない。そしてそこから生まれる山頭火の句は誰にも真似ができない。それに対して世間は敬意を払い、功徳を施した。これこそが山頭火の目指した行ではないだろうか。

よかったじゃん。やったじゃん。てなものであるが、ここにひとつ問題が生じた。

それはうまく行き過ぎた、という点である。

第二集を出した段階で、会友の数、発行部数、ともに順調に伸ばし、山頭火にすれば可なりの金が入り、楽勝で生活、好きなだけ酒を飲めるようになったのである。

しかし普通に考えれば好きなだけ酒を飲めるようになったわけではない。なぜならそれは飽くまでも事業資金であり、ガリ版刷二十頁程度で始めた『三八九』の体裁を今少しよくして読みよくする、とか、内容の充実を図るとか、そもその目的である結庵のための資金であるからで、それを飲んじゃっらゃあ、事業をする意味がないからである。

だが、やはり駄目というか、ああ見えて根が浪費家にできているので、入ったら入っただけ飲んでしまう。そしてそのように快楽的な時間が増えて、句もよくない。その影響か、一月二月三月までは順調に発行したのだけれども、そうして飲んだくれて、快楽に浸っていれば、山頭火の理論からしても、世の一般的な法則からしてもよいものはできない。

京山幸枝若《きょうやまこうしわか》の浪曲で左甚五郎は日に六升、酒を飲んで大名も唸るような仕事をするが、そうしたことは現実には起こりえないのである。

そんなことで山頭火は四月に出るはずの『三八九』を出せなかった。

それどころか酔うて暴れて留置場にぶち込まれたのである。

裁かれる日の椎の花ふる

これは木村緑平に宛てた葉書に記した句で、恥を言うようで申し訳ない、俺は椎の花というものを実際に見たことがないので、安直に検索して知ったのだが、強い香り──芳香を放つらしいですね。そして花は、なんか大木から煩悩が噴出して垂れ下がっているように見える。裁かれる日、椎の花を振って、「をゝい」と緑平を呼んでいる感じがする。誰が山頭火が。そして、その椎の花もまた山頭火自身であるように思える。

そしてもう一句は、

暗い窓から太陽をさがす

これはもう明確に救助を求める意味が明白で、日の射さぬ留置場に居る山頭火にとって緑平はまさに太陽であったのである。

そんなこともあって、四月はあれほど意気込んでいた『三八九』を出せず、しかし月イチと称していたものを一回休むと緊張の糸が切れるというか、「マア、いっか」みたいな気持ちになるのが人間というもので、よく文芸雑誌の後ろの方に、「真痴多香氏の連載は事情により休載とします」など書いてあるのはこうした事情に拠るものが多い。

そうなると休み癖がついて五月も出せない。ということはどういうことかというと手元のキャッシュがなくなるということで、間代すら払えず六月には三八九居を退去することになった。

でどうするのか。寝るところがない。このとき山頭火には三つの選択肢があった。

ひとつは、また行乞流転の旅に出るという決断。しかし半年近く、いい感じに布団で寝たため、あの苦しいうえ、なんの意味もないことがわかりきっている行乞流転の旅に再び出るのは絶対に嫌。

ふたつは、木村緑平、友枝寥平、石原元寛などの友人に救助を求める、という選択。だけど、あれほど頼み込み、あれほど助けてくれた『三八九』をアジャパーにしてしまった今のタイミングで友人たちに借金申込みは当たり前の話だができない。

みっつは雅楽多を営む、元妻・サキノのところに押しかける、というチョイス。

熊本に帰って以来、山頭火はときおりサキノの許を訪れ、話をしたり、時には泊まることもあったようだ。山頭火の感じで言うと、「まー、いろいろあったけど、まー、別れたとは雖も、元は夫婦だし、子もあるのだから、いろいろと相談しながら穏やかにやっていきましょいな」的な空気感にしたかったのだろうが、サキノは、

「せんど好き放題さらして、年取ってしんどなったから帰ってきたて、なめとんか、こらあっ」

的な空気感を醸し出していたことは容易に推測される。

その結果、言い合い、罵り合いになり、「じゃかあっしゃ、アホンダラ」みたいなことも言う。

その相手に、「すまん、やっぱし、行くとこないから、ここに住ませてくれ」というのは、男として情けなすぎる。

さあ、この三つの選択肢から山頭火はどれを選んだであろうか。悲しいことだが山頭火は三つ目を選ばざるを得なかった。

どのように談合したのか、そういうことで山頭火は、昭和六年六月からは、元妻のところで寝起きするようになったのである。

だけどそれは苦しい生活であったようだ。妻が居て、夫が居れば、それは家庭と言ってよく、家庭には温もりや愛情があると言い、それは嘘ではないが、同時にそこには性を垣根としてへだたったもっとも近い他人としての闘いがあったであろう。

社会的なプレッシャー、家庭の軋轢、句作の停滞、すぐそこにあって、金もあり、飲もうと思えばいつでも飲める酒は山頭火にとって、旨い酒ではなかったのではないだろうか。

或いは一杯目、二杯目までは、自分の中のこわばりが溶けていくような感じがして、旨かったのかもしれない。だけどそこから先は、これは飽くまでも推測であるが、身体に入った酒の作用により、自分のなかに悪魔的な人格ができあがり、人に議論を吹きかけたり、ロシア語落語を披露したり、酷いときは殴ったりするようなこともあったのかも知れない。留置場に放り込まれたのは、そうした事情によるものであろう。

懐に四銭とかしかなかったら、けっしてそんなことにはならない。

だけどこの時、山頭火の懐には五円、十円という金があった。あってしまった。

そしてそれを将来の投資に使うのではなく、現在の快楽のために使ってしまった。

それはまあしかし仕方のないことであるとも言えよう。なぜなら山頭火は長いこと僧として生きた。いまの坊主や昔でも比叡山とかああいうメジャーどころの坊さんは随分と銭儲けもしたらしいが、山頭火はそういうのではなく、マジの行乞僧、笠と杖と鉢以外の私物を持ってはならず、その日に頂いたものを翌日に持ち越してはならないのである。

しかし、金というものは、明日の需要に備えて持っておけるもので、それを否定したら金の意味が無くなって資本主義どころか共産主義だってなりたたない。

それでも佛の教えに対して正しいことをしていたのならよいが、酒、風呂、女だったとしたら句は、それで濁らず、澄む人もいるかも知れないが、山頭火の場合は濁っただろう。

福岡市内で山頭火は都会の繁華に目を奪われ、若い女の姿態に魅了されて、存在の生活といふことについて考へる、しなければならない、せずにはゐられないといふ境を通つてきた生活、『ある』と再認識して、あるがまゝの生活、山是山から山非山を経て山是山となつた山を生きる。……

昭和五年十二月五日の日記より

と強弁したが、それは飽くまでも理論であって、きわめて脆弱で、すぐに壊れてしまう我々の心と肉体には通用しなかったものと思われる。

つまり昭和六年六月にサキノ方に転がり込んで以降、山頭火は『三八九』を出せず、だからと言って、それが有意義とまったく思えなくなった行乞にもあまり出られず、そうなると以前であれば、生死降りしきる雪、なんて生きるか死ぬかだったのが、今は畳の上で寝転がっていられ、そのうえ、店の売上金をちょっとだけもらって二、三合は清酒を飲むことができるのである。

もちろんこの状態は山頭火の精神にとってよくないもので、そうなるとそれを忘却するためにもっと酒を飲む。

そうなると、ああ見えて根が贅沢にできている山頭火だ、そこいらの腰掛けの居酒では満足できず、けっこう高い料亭なんかにも行き、いざお会計という段になって払えない、なんてこともあり借銭が嵩んでいく。

そうなると嫁はんはなんと言うだろうか。

「どうかお好きなようになさってください。あなた様が生み出す句は此の世の中の宝でございます。そのために犠牲になるのは身が果報にございます」

と言うだろうか。

言うかあっ。

それどころかあべこべに、

「ど甲斐性なし、あんけらそう。ええ日、選んで目ぇ噛んで死ね」

くらいのことは言っただろう。

そうするとますますおもしろくないからますます酒を飲む。そうするとますます妻が罵倒する。そうすると繊細な山頭火の神経はまますます傷ついて……と事態は悪化の一途を辿り、ついに昭和六年十二月二十二日

私はまた旅に出た。——

『私はまた草鞋を穿かなければならなくなりました。旅から旅へ旅しつゞける外ない私でありました』と親しい人々に書いた。

と「行乞記」に記した。
あの苦しい行乞より、さらに苦しいことが熊本にあったようである。

二十六日は太宰府近くに居り、

毎日赤字が続いた、もう明日一日の生命だ、乞食して存《なが》らへるか、舌を噛んで地獄へ行くか。……

と記し二十八日には、

この旅で、私は心身共に一切を清算しなければならない、そして老慈師の垂誨のやうに、正直と横着とが自由自在に使へるやうにならなければならない。
あゝ酒、酒、酒、酒ゆえに生きても来たが、こんなにもなつた。酒は悪魔か仏か、毒か薬か。

と最後は戯言めいているが、こうでも書かないと居られなかったのであろう。
そして「行乞記」十二月三十一日条に、

私の一生は終つたのだ、さうだ来年からは新らしい人間として新らしい生活を初めるのである。

と記している。これが最後と決めて耕畝となり観音堂の堂守となって、自死に失敗し、これこそが真の行と思い定めても旅に出て舞い戻り、もう一度、もう一度だけ生活と信仰の上手い具合の接合、生活と信仰の核燃料リサイクルのような『三八九』も挫折して、ついにもはや、死んだ、俺は死んだ。だけど肉体はまだ生きている。そして年が明ける。死と再生。このように自然は、季節革《あらた》まる。俺だって、始まる、のではない主体的に、始める、のである。

と言っているように聞こえる。

だけど、その後には、自嘲と題し、

うしろ姿のしぐれてゆくか

という句をしるす。

時雨が降れば前姿も後ろ姿もない。どちらの姿もびっしゃり濡れてしまう。だけどここで山頭火の意識には後ろ姿だけが映っている。

ひとから見ればそうだろう。だけどこのとき山頭火はもはや、葉が降るのを見ていたときのような演劇的視点で自分を後ろから見ていたわけではなかろう。

もはやそのとき、山頭火に前姿はなく、後ろ姿だけの存在と成り果てていた。そしてそれがみじめに濡れて寒い。

だが、その後ろ姿を、もはやないとわかってる半分の前姿の残滓と思ってしまうこと、そのその、ただただみじめな思念こそが、頑張れば捨てられると思っていた、後ろ前の重い荷物であったことが、「しぐれとるがな」と思えず、「しぐれてゆくか」、と詠嘆するところに共感を覚える。

そして時雨ながらも続く、人間のどうしようもなさ、を見て戦慄する。なぜならそれが間違いなく俺のなかにあるものであるからだ。

昭和六年の「行乞記」の最後にはこんなことが書いてある。

まづ何よりも酒をつゝしむべし、二合をよしとすれども、三合までは許さるべし、ショウチュウ、ジンなどはのむべからず、ほろ〳〵としてねるがよろし。いつも懺悔文をとなふべし、四弘誓願を忘るべからず。——

後書きにかえて　「行乞記」「其中日記」

古から現代に至るまで、なんやら日記、という本は仰山出ているが、その中でも山頭火が遺した「行乞記」「其中日記」は突き抜けて興味深いものに、俺なんかは感じる。

なぜそう思うかというとそこに嘘がないからで、ここには思ったこと・感じたことについても、それを言葉として自分の外に出したら、なんだかわからないがどえらいことになるのではないか、なんてことについても、変に曲げず直球で書いてあるからである。

どういうことかというと、例えば俺なんかであれば、「やっぱなんやかんや言うて歩行禅やで。とにかく歩いたらええねん」と一旦、言ってしまったら、その後、それがイマイチだということが判明したとしても、それを認めたら格好が付かぬから、「歩行禅、最強ですよ」と強弁し、人に矛盾を指摘されたら、「言うの忘れてましたけど、個人差はやっぱありますよね」など言って誤魔化し、人がそれを忘れた頃に宗旨替えをするという姑息な手段をとると思う。しかるに山頭火は、その迷いのまま、きわめて率直に、「こんなことやってもなんにもなりませんよ。俺のやってることはただの乞食ですよ」みたいに取れることを書くのである。

心を偽り、世間と折り合いを付けて生きている人間は、心がそのまま現れたものから目を離すことができない。というのは、交通事故の脇を通過して、その異様に変形して現れてはいけないものが現れた車体をどうしても見たくなる心情と同一の心情である。

ごく小さい時分から、人を差別したらあきまへんよ。と言われ、そして自分でもそう思っている。だけど人間には、「俺とこいつは別の人間」という意識があるから、例えば、その素振りが表に現れないとしても心の奥底では金持ちは貧乏人を見下しているし、その貧乏人はもっと貧乏な人を見下している。或いは、それが銭金という基準でなくとも、自分が道徳的に優れていると思っている人間は自分より道徳的に劣っていると思われる人間を見下し、優越感に浸って満足を得ることもある。

そんな中、乞食というのは最底辺というか、もっとも見下される部類である。山頭火はその乞食であった。と言うと、「いやさ、山頭火は単なる乞食ではなく、行乞の僧で修行者だったのじゃ」と仰る方があるはずであるが、それはマアそう。だけど右にも書いたとおり、その困難というか不可能性に山頭火は何度もぶち当たって、その苦しみやむなしさをそのまま記している。

じゃあ、その不可能性というのは流石に言い過ぎだとして、難しさとはなにか、ただの乞食とどこが違うかというと、例えば、普通、それが乞食であろうと物の売り買いであろうと、やる以上はその利益を最大化しようとして、様々の努力をする。要するに可能な限り多くの売上を上げ、その一方で経費は可能な限り低く抑えて、儲けを増やそうとするのである。

ところが山頭火にそれは許されておらなかった。なんとなれば僧である山頭火は所有を許されず、その日にもらった銭を翌日に持ち越すことは基本あかんことであったからである。だから多くの銭を貰えば良いという訳ではなく、少なかろうが多かろうが、感謝してこれを頂戴しなければならない。

と言うと、「喜捨してもらったのだから感謝するのは当たり前だろう、なにを言っておるのだ、この老い耄れは」と思う方が多いと思うが、実はこれも至難の業である。というのは当たり前の話で、門口に立ち、三時間経を唱えて五厘しか呉れなかった人とすぐに五十円呉れた人があった場合、同じように感謝することは人間にはできにくい。いやさ、俺なんかなら感謝どころか、「三時間も唱えさせて五厘。人、なめとんのか。ぶち殺すぞ、カスがっ」と喚き、もんどり打って九官鳥の声でラップかなにかをしかねない。

まあそこまでしないにしても、やはり山頭火もむか腹を立てることはあった。それを感謝にまでもっていくこと。それこそが行乞の難しさ・むなしさで、その壁にぶつかって山頭火は何度もぶち壊れるのである。

山頭火は、句の完成は人間の完成によって初めて成る、という意味のことを書いている。金持ちの家に生まれた山頭火は人を見下すことによって、人をぶち壊し、また、自分もぶち壊れる人間の在り方が嫌でそれから脱却しようとしたように思う。そしてマア必ずしもそうなろうと思ってなった訳ではないだろうが、行乞流転の身の上となり、その低い位置からすべてを等し並みに見る眼差しを獲得することによる回天を図った。だけど右に言ったことや、言わなかったそれ以外のこともあって、人間にはなかなかできないことで矛盾に溢れ、山頭火は壁にぶち当たった。山頭火の句はだから、完成した三昧境《さんまいきょう》から生まれてくる神韻縹渺《しんいんひょうびょう》とした句ではなく、捨てられない重い荷物を背負った山頭火の生身とどうしようもない人間の壁が衝突したときに響く音、生じるエネルギーであったと思われる。だけどそれは不可能な完成を目指さないと響かぬ音であり、生じない熱と力である。俺なんかが山頭火の句に切なく共感しつつも、ここまで徹底できないな、と思う、その理由は多分そこらへんにあんのんとちゃうけと思う。

略年譜

＊年齢は満年齢

明治十五（一八八二）年	〇歳	十二月三日、父・種田竹治郎、母・フサの長男として山口県佐波郡（現・防府市）に生まれる。本名は正一。
明治二十五（一八九二）年	十歳	三月、母・フサが自宅の井戸に投身自殺。享年三十一歳。その後、主に祖母・ツルの手で育てられる。
明治二十九（一八九六）年	十四歳	九月、私立周陽学舎（現・防府高校）入学。文芸同人誌を発行。
明治三十四（一九〇一）年	十九歳	三月、父・竹治郎、関係のあった磯部コウを入籍させる。七月、東京専門学校高等予科入学。
明治三十五（一九〇二）年	二十歳	七月、高等予科を卒業し、九月、早稲田大学大学部文学科に入学。
明治三十七（一九〇四）年	二十二歳	二月、早稲田大学を疾病のため退学届提出。七月、帰郷。家業傾いて種田家所有の土地の売却が始まる。恵まれた環境に変化が生じる。
明治三十九（一九〇六）年	二十四歳	十二月、竹治郎が吉敷郡大道村《だいどうそん》（現・防府市）の酒造場を買収。一家移住。
明治四十（一九〇七）年	二十五歳	二月、竹治郎、さらに種田家の土地を売却し種田酒造場を開業。
明治四十一（一九〇八）年	二十六歳	一〜四月、竹治郎、土地約四百坪を売却。
明治四十二（一九〇九）年	二十七歳	八月二十日、佐波郡和田村（現・周南市）の佐藤光之輔の長女・サキノと結婚。
明治四十三（一九一〇）年	二十八歳	八月三日、長男・健《けん》誕生。
明治四十四（一九一一）年	二十九歳	四月、荻原井泉水、俳誌『層雲』創刊。回覧俳句雑誌『五句集』の発行に参

		加、句会を開催。防府町三田尻で文芸誌『青年』が創刊。積極的に俳句や翻訳を発表。
大正二（一九一三）年	三十一歳	三月、『層雲』に「窓に迫る巨船あり河豚鍋の宿」が初入選する。個人文芸誌『郷土』（タブロイド版二つ折り、一部三銭）を創刊主宰。熊本五高の兼崎地橙孫（文芸同人誌『白川及新市街』の創刊者）と文通交流が始まる。
大正三（一九一四）年	三十二歳	十月、荻原井泉水歓迎句会に久保白船と共に参加。井泉水と初対面。
大正四（一九一五）年	三十三歳	種田酒造場の仕込み中の酒が二年連続で腐る。
大正五（一九一六）年	三十四歳	三月、『層雲』の課題選者の一人となる。四月、種田家破産。妻子と共に熊本市に引っ越して五月に古書店「雅楽多書房（後に「雅楽多」と改名）」開業。 十二月、弟・二郎が養嗣子先の有富家から離縁される。
大正七（一九一八）年	三十六歳	六月十八日、二郎が玖珂郡愛宕村（現・岩国市）の山中で自殺。享年三十一歳。七月十六日発見。
大正八（一九一九）年	三十七歳	四月、大牟田の木村緑平を訪問。十月、茂森唯士を頼り単身上京。工藤好美の斡旋で東京市水道局管轄のセメント試験場でアルバイト。祖母ツル死亡。享年八十七歳。
大正九（一九二〇）年	三十八歳	十一月十一日、妻サキノの実家佐藤家の求めに応じて戸籍上は離婚。サキノは長男・健を養育しつつ、一人で「雅楽多」を経営。十一月、東京市役所臨時雇を拝命。一橋図書館に勤務。日給一円三十五銭。当時銀行員の大学卒初任給（月給）がおよそ四十円。
大正十（一九二一）年	三十九歳	五月八日父・竹治郎、死去。享年六十四歳。六月、東京市役所雇を拝命。

大正十一（一九二二）年　四十歳
保薦人・竹内善作。引き続き、一橋図書館に勤務。月給四十二円。懸賞金めあてに仁丹本舗などの新製品名称募集に応募する。十月、健の中学進学を勧めるため、一時帰熊。十二月、東京市雇を神経衰弱症のため退職。退職一時金四十五円。

大正十二（一九二三）年　四十一歳
額縁の行商をする日々、九月一日、関東大震災被災。九月末、熊本に帰り、茂森唯士の世話になる。

大正十三（一九二四）年　四十二歳
六月に「雅楽多」に復帰。十二月、酩酊の末、熊本市公会堂前で熊本市電を急停車させる。印鑑屋の木庭市蔵に伴われ報恩寺に預けられる。

大正十四（一九二五）年　四十三歳
報恩寺で出家得度。耕畝《こうほ》と改名。三月、味取《みとり》観音堂の堂守となる。

大正十五・昭和元（一九二六）年　四十四歳
四月七日、尾崎放哉病没。十日、味取観音堂を出て「解くすべもない惑ひ」を背負い、行乞流転の旅に出る。阿蘇郡、宮崎県高千穂を越え、その途次、「分け入つても分け入つても青い山」を詠む。十月、防府町役場で「耕畝」に改名届。

昭和二（一九二七）年　四十五歳
広島県内海町で新年。九月、山陽、山陰、四国地方行乞。

昭和三（一九二八）年　四十六歳
徳島で新年を迎え、四国八十八カ所の遍路行乞。七月に小豆島に放哉墓参し、岡山に上陸し、十月に福山市から山陰地方行乞。

昭和四（一九二九）年　四十七歳
山陽、九州地方行乞。三月から八月まで「雅楽多」に滞在。九月、再び、九州行乞へ。

昭和五（一九三〇）年　四十八歳
正月は「雅楽多」で過ごし、行乞と句会参加など。夏頃、カルモチン（睡眠薬）で自殺未遂。書きためた日記八冊を焼却。九月九日、再び、行乞漂泊

		の旅へ（「行乞記」）。九州各地を経て、十二月、熊本市内「三八九居」に仮寓。
昭和六（一九三一）年	四十九歳	二月、ガリ版印刷二十頁の雑誌『三八九』発行。四月、熊本市城見町の料亭で無銭飲食。『九州日日新聞』に報道され、雑誌も休止（翌年復刊）。六月、三八九居を引き払い、「雅楽多」に身を置く。十二月、再び漂泊の旅へ。
昭和七（一九三二）年	五十歳	福岡、長崎、島原、佐賀など行乞。五月、山口の川棚温泉での結庵に失敗。六月、第一折本句集『鉢の子』発行。九月二十日、山口県小郡町に結庵。「其中庵」と名付ける。
昭和八（一九三三）年	五十一歳	十二月、第二折本句集『草木塔』発行。
昭和九（一九三四）年	五十二歳	三月に広島、名古屋、信州飯田まで来て発病（急性肺炎）。四月、帰庵。
昭和十年（一九三五）年	五十三歳	第三折本句集『山行水行』発行。八月十日、カルモチン多量服用、卒倒して生死の境を彷徨。
昭和十一年（一九三六）年	五十四歳	第四折本句集『雑草風景』上梓。三月より関西、東海地方、四月、東京で『層雲』中央大会に出席後、越後、仙台、平泉（旅の北限）、永平寺を経て七月末帰庵。
昭和十二（一九三七）年	五十五歳	八月、第五折本句集『柿の葉』上梓。九月、下関の材木商店に就職するが続かず。十一月、山口市湯田温泉で泥酔の上に無銭飲食で山口警察署で留置。健の電報送金にて釈放。
昭和十三（一九三八）年	五十六歳	三月から湯田、別府の旅、句友と交遊。中原呉郎（中原中也の弟）も来庵。十一月、其中庵を去り、湯田の「風来居」に移る。
昭和十四（一九三九）年	五十七歳	一月、第六折本句集『孤寒』上梓。三月より、近畿、東海、信州などを訪れ、

昭和十五(一九四〇)年　五十七歳

井上井月墓参。十月から四国遍路の旅。十二月、松山市御幸町御幸寺境内の「一草庵」に入庵。
四月、一代句集『草木塔』を発行し、中国、九州の句友を訪問。緑平と合同の第七折本句集『鴉』発行。十月十日、一草庵で句会、参加者は山頭火の高鼾を聞きつつ午後十一時頃散会。十一日未明、容体急変を発見される。午前四時(推定時刻)死亡。享年五十七歳。

『山頭火 漂泊の生涯』(村上護/春陽堂書店)、
『新編　山頭火全集』(春陽堂書店)をもとに編集部が作成。

本文掲載俳句索引

＊初出掲載順

本書は会員制『Ｗｅｂ新小説』（春陽堂書店）の
掲載原稿を加筆・修正したものです。

参考文献

『山頭火　行乞記』山頭火文庫2／村上護・編／春陽堂書店／平成二十三年
『山頭火全句集』種田山頭火／村上護・責任編集／春陽堂書店／平成二十六年
『山頭火 評伝・アルバム』山頭火文庫5／村上護・編
春陽堂書店／平成二十三年
『山頭火 漂泊の生涯』村上護／春陽堂書店／平成十九年
『新編　山頭火全集』春陽堂書店／令和二年
『俳人風狂列伝』石川桂郎／中公文庫／平成二十九年

現在では差別的とも受けとられかねない表現がありますが、
時代背景に鑑み、改めず原文通り掲載いたしました。

装画　根木　悟
ブックデザイン　鈴木成一デザイン室

町田康　まちだ・こう

作家。一九六二（昭和三七）年大阪府生まれ。一九八一年「ＩＮＵ」のボーカリストとして歌手デビュー。九七年に小説『くっすん大黒』でドゥマゴ文学賞、野間文芸新人賞受賞。二〇〇〇年に『きれぎれ』で芥川賞、〇一年に詩集『土間の四十八滝』で萩原朔太郎賞、〇五年『告白』で谷崎潤一郎賞を受賞するなど、著作・受賞歴多数。近著に『しらふで生きる　大酒飲みの決断』、日本最古の神話「古事記」を現代語訳した『口訳　古事記』が話題を集める。

種田山頭火　たねだ・さんとうか

自由律俳句の俳人。荻原井泉水に師事。一八八二（明治一五）年生まれ。本名正一。一九二五年、出家得度。耕畝《こうほ》と改名。その後、各地を行乞・放浪し、一万二千余りの句を詠み、今もファンが多い。一九四〇（昭和一五）年一〇月一一日、一草庵で死亡。享年五七歳。

入門《にゅうもん》 山頭火《さんとうか》

二〇二三年十二月 五 日 初版第一刷発行
二〇二四年 六 月二十日 初版第六刷発行

著者 町田 康
発行者 伊藤良則
発行所 株式会社 春陽堂書店
〒一〇四-〇〇六一
東京都中央区銀座三-一〇-九 KEC銀座ビル
電話 〇三-六二六四-〇八五五
https://www.shunyodo.co.jp/

印刷 株式会社 精興社
製本 加藤製本株式会社

本書へのご感想は、contact@shunyodo.co.jp
定価はカバーに表記してあります。
ISBN978-4-394-90467-0 C0095